原村政樹 編著

無音の叫び声

外聞としては
聴こえようもない無音の声が、
怒濤となって
村を被いつくしているのが、
わが耳には
はっきりと聴き取れる……

農民詩人・木村迪夫は語る

農文協

はじめに

「芸術は芸術家のみが生み出すものであろうか」

この本を書くきっかけとなった山形の農民詩人・木村迪夫《みちお》さんの世界を描くドキュメンタリー映画「無音の叫び声」の冒頭の言葉です。何とも稚拙な問いかけですが、この問いかけは長年、私の頭から離れませんでした。

二十代の頃、記録映画の世界で働き始めた私は、人間の根底を支える食料を生み出す農業をライフワークにしたいと、農業をテーマとしたテレビドキュメンタリー番組や長編記録映画を創り続け、そして三十年近く、多くの農家の人たちを訪ね歩き、取材・撮影をおこなってきました。そうした中で、一見、普通の人に思える農家の人たちが、心の奥底に素晴らしい世界を秘めていることに感銘を受けてきました。

そして、いつかは農民の心の底に潜む豊饒な精神世界にもっと深く分け入った映画を創りたいと願っていた所に、木村迪夫さんの詩と出会い、映画「無音の叫び声」を製作したのです。

木村さんの詩は、まことに虚飾や偽りがなく、骨太で、真にリアリティー溢れる作品ばかりです。彼の詩からは村から見えてくる様々な日本の姿が立ちあがってきます。「無音の叫び声」とは、農民の心の奥底に潜む、声にならない声、しかし、その声は私たちに戦後の問い直しを迫る奥深い叫び声なのです。

木村さんはまさしく身体を張って「未来への警鐘」を鳴らし続けてきた稀有な農民です。その警鐘をすべて映画で紹介することはできません。そこで、映画で伝えきれなかったことも含め、書籍で農民詩人・木村迪夫の全貌を伝えようとこの本を書きました。特に重視したのは、映画の撮影でおこなった膨大なインタビューです。五年間の交流の中で木村さんが私に語ってくれた言葉を

木村迪夫著作の詩集たち

〈迪夫は語る〉という括りでストレートに伝えることにしました。映画同様、木村さんの人となりを感じてもらいたいと、方言も含め、ほとんど手を加えずに紹介しました。

〈迪夫は語る〉を縦糸とするならば、横糸は木村さんの詩です。膨大な木村さんの詩の中から、特に私が感銘を受け、かつ、木村さんの人生の節目をリアルに伝える詩を選びました。詩の部分だけを読んでいただければ、木村迪夫さんの詩選集として読んでいただけるようなセレクションです。できれば二、三度、音読しながら読み進めて欲しいと思います。

現代の農民詩の最高峰といっても過言ではない詩の数々を創造した木村迪夫さん。野良で汗を流しながら綴り続けてきた木村さんの詩の世界が読者の心と共鳴し、農民文学の魅力へと誘われることを願ってやみません。

無音の叫び声

目次

無音の叫び声

農民詩人・木村迪夫は語る

本書は、映画『無音の叫び声』でのインタビューを縦糸に、
六十余年に及ぶ作品から精選した詩を横糸に、
現代最高の農民詩人・木村迪夫の世界を描いたものである。

農民詩人・木村迪夫の誕生

大地に生きる詩人

この村から望む蔵王は荒々しい。地蔵山、中丸山、熊野岳、刈田岳と、蔵王連峰の全容が眺望できるのも、ここからである。山形県上山市牧野《まぎの》。ほとんど知る人もいない世帯数が百戸たらずの小さな村だが、ドキュメンタリー映画の関係者の間ではよく知られている村である。かつてこの村に小川プロダクションという記録映画製作集団が二十年近く住みこんで、名作「ニッポン国古屋敷村」、「1000年刻みの日時計」を産み出した。その、世界中で他に類を見ない約二十年という長期にわたる住みこみでの撮影が実現できたのは、彼らを村に呼んだ一人の農民が牧野に暮らしていたからであった。

その人こそ木村迪夫（迪夫はペンネームで、本名は迪男）。木村は牧野村で、十代の頃から六十年以上、農業を営みながら、詩を綴り続けてきた。木村の詩はプロの詩人の作品にはない特徴がある。それは野良で肉体を酷使しながら働いてきた農民でなければ表現できない野太い芸術、労働の中から生み出された虚飾のない文学、農民の豊かな精神世界。普通の農民の心の奥底に潜む、底知れぬ豊饒の世界、闇の世界を、時代の変化を映し出しながら、リアルに描きだした。その農民文学の世界に誘う前に、農民詩人、木村迪夫とはどんな人物なのか、その概略を伝えることから始めよう。

昭和十（一九三五）年、小作農の長男として山形県東村大字牧野（現・上山市牧野）に生まれる。戦争で父と叔父を失い、一家は戦争被害家族として苦難の戦後を生きる。農地解放で自作農となるも農地はわずか五反六畝（五六アール）と猫の額。中学を卒業する十五歳の時、働き手がないから高校には通わせられないという母の反対を押し切って、上山農業高等学校定時制に入学。そこで生活綴り方教育の先駆的教育実践をおこなった無着成恭《むちゃくせいきょう》の〝やまびこ学校〟出身者、佐藤藤三郎と出会い、木村は詩に目覚める。二十代になってからは村の青年団・青年学級の活動の中心メンバーとして活動、以後、原水爆禁止運動、安保反対闘争、農業基本法制定反対闘争、三里塚農民の空港反対運動支援、減反反対運動、文革期の中国訪問など、長年にわたる社会運動に参加する。

二十七歳からの十年に及ぶ東京への出稼ぎを経て、三十七歳の時、出稼ぎをせずに生きようと、村で廃棄物収集業（いわゆるゴミ屋）を始める。

三十九歳の時、沈滞した村にすがすがしい風を呼ぼうと千葉県三里塚の空港反対闘争を映像記録し続けていた小川プロダクションを村に招く。

四十九歳で牧野地区役員、五十四歳で上山市教育委員に任命、五十九歳で地区会長に選任され、地域のリーダーとして活躍。元・山形県遺族会会長ならびに元・山形詩人会会長。創作活動も旺盛で十六の詩集を出版。山形県詩賞、日本農民文学賞、土井晩翠賞、山形県芸術文化会議賞、真壁仁・野の文化賞、斎藤茂吉文化賞、現代詩人賞、丸山薫賞など多数受賞。戦後の日本を代表する農民詩人として高い評価を受けている。

生涯、生まれ育った牧野で農民として生き、詩を詠い続けてきた木村は、詩集『光る朝』の後書きにこう記している。

……朝から晩までひたすら土に向かい、土と抗う疲労の中から、ひと言でも自分に見合った言葉を捜しては、枕もとの紙片に記した。疲れて、長いものは書けようはずもなかった。一行でも二行でもよい。それが今日を生きた自分の記録となれば——そう信じこみながら書きつづけてきた。それは、まさにみみずのたわごとのような言の葉であるにせよ、そこに百姓などよりは、人間としてのおのれ——人間などではない百姓の日常生活が、刻まれておればよいと思った。(中略)外聞としては聴こえようもない無音の声が、怒濤となって村を被いつくしているのが、わが耳にははっきりと聴き取れる……

農民の声にならない「無音の声」とはどのようなものなのであろうか? 例えば、木村が晩年に創作したこんな詩から「無音の声」が聞こえてこないか?

夢の棲処

刈り取られた後の田圃の
忘れられた案山子
の孤独
（ぼくの空）

汗したたる穂の群れの
薄陽にうるむ甦えり
の抒情
（ぼくの憧憬）

むかし
この風景を村びとは黄金の海と比喩した
いまもためらわず黄金の海と表現しうるか
村びとよ

涸れた海の底から
再び
黄金の村の行くすえを
生きかえらせよ
人びとよ（ぼくよ）
人びとよ（ぼくの息子よ）
人びとよ（ぼくの始祖たちよ）
眠りより醒めよ
しかして
稔りつくせぬ波の間にまに
身を躍らせよ

いましがた沈む陽に逆らいながら
蜻蛉が
交いのままの姿勢で
乱舞しつつ
稲架の突端を往還する

部落《むら》と部落とを繋ぐ
一筋のはてしなき草みちを
黄金の花道にかえて
飛ぶ秋を
夢の棲処として

——詩集『光る朝』より

今、先行きの見えない日本の農業の真っただ中に生きる農民の心情、農民の「無音の叫び声」が、まさにこの詩に凝縮されているように思えてならない。

自我の目覚め

木村迪夫は中国との戦争で父を失う。残された七人の木村家（祖母と母、そして木村迪夫を長男に五人の子どもたち）は年老いた祖母と若い母のふたりが支えてきた。戦後の農地解放で小作人から自作農になったが、農地はわずか五反六畝（五六アール）の貧しい農家であることに変わりはなかった。

男手がない一家にとって、木村は子どもの頃から祖母と母から一家の重要な働き手として期待されていた。中学を卒業したら高校進学などせずに家で農作業に従事することが定めであった。しかし、進学の夢は捨てきれず、母親の反対を押し切って、週に三日間だけ通学して、残りの四日間は家の農業に従事できる県立上山農業高等学校定時制課程に進学する。

〈迪夫は語る〉中学を卒業して本当は定時制の農業高校でなくて、普通高校に入りたかったのよ。けど、男手がない俺の家では、祖母とお袋の二人で五人の子どもを育てなければならなくて、長男の俺は「中学終えたら家で働け」と、お婆とお袋に小さい頃から言われていた。それでも、どうしても高校へ行きたかったからね、祖母と母親に内緒で普通高校に願書出したのよ。だけど中学の担任の先生に知れて、止められてね。普通高校には行けないことを担任の先生は解っていただろうからねえ。それで担任の先生は家に来てくれて、「普通高校ではだめでも、せめて定時制高校に進ませたら」と親に勧めに来てくれた訳だ。実際、お袋からは定時制高校もダメだと言われていたんだけど、担任の先生の熱心な勧めで親は何とか承諾したんだな。

木村は進学した定時制の農業高校で「山びこ学校」出身の佐藤藤三郎らと出会う。「山びこ学校」は山形県山元村（現在、上山市に編入）の山元中学校の青年教師、無着成恭《むちゃくせいきょう》の生徒たちが書いた詩や作文をまとめて出版した本の題名で、正確には『山びこ学校――山形縣山元中学生

『山びこ学校』1951年増補版

の生活記録』として昭和二十六年三月初版が発行された。新米教師の無着成恭は「本物の教育をしたい」と願っていた。それは生徒たちがそれぞれの暮らしを自分自身で見つめ、それを文章化することであると考え、独自の「生活綴り方教育」を始めたのである。今で言えば、総合学習と同じ考え方の教育だといえるだろう。

生徒たちは自分たちの身近にかかえる問題を考えぬくことで、勉強に熱心に取り組むようになって、それぞれが自分の頭で考え抜いたことを懸命に文章にしていった。その生徒たちが書き綴った作文や詩を無着がまとめ、『山びこ学校――山形縣山元中学生の生活記録』として出版したのだ。当時、その本は戦後の新たな教育が誕生したと反響を呼び、出版からわずか二年で十八版（十二万部）を重ねる大ベストセラーとなった。さらに発売の翌年には早くも映画「山びこ学校」（監督・今井正）が公開されるなど、日本全国で注目を集めたのである。その「山びこ学校」で学んだ生徒たちの何人かが、奇しくも、木村が入学した定時制の農業高校にも入学していたのである。

〈迪夫は語る〉　定時制の農業高校に入って、無着成恭の山びこ学校、つまり山元中学校出身の友人たちの中から生活記録集として、詩集『雑木林』を発行しようという話がでてね。それまでも山元中学校出身者たちは高校に入ってからもサークル誌みたいのを作っておったんだ。何人かでうすっぺらな同人誌を作っておったからな。それで山元中学校出身者だけでなく、定時制の生徒も全日制の生徒も全校生徒で生活記録文集っていうのを出そうということになってね、文集でなくて詩集だな、これは定時制から始まって普通科も含めて全校生徒の生活記録詩集を出した訳だ。山びこ学校出身の佐藤藤三郎君とか、俺とか、何人かが中心となってね、『雑木林』という詩集を出すことにした。皆、競うように詩を作った。俺も詩を書き始めてみると、不思議と次々に書けるんだな。別に面白くもなかったけど、辛くもなかったな。いっぱい書けたな。あの頃は次々と書けた。一日に三編も書けた。想いが沢山あったんだな。つまり、自我の意識に目覚めたということだな。

さっそく木村は『雑木林』に自分が目指す生き方を綴った。

百姓

百姓
お前は百姓だ　何も知らない百姓だ

何も見えない百姓だ
　それなら
お前という百姓は馬鹿と云う百姓にすぎない
　だがなあ
俺もやっぱり人間だったよ
しゃべれば　しゃべれる人間だったとわかったよ
見ようとさえすれば
何んでもみえる人間だとわかったよ
何んでも知っているが
しゃべる事を知らなかったからだよ
だが　これからは
何んでも知っている百姓！
何んでもしゃべれる百姓！
何んでもみえる百姓に
おれはなるよ

――詩集『雑木林』より

〈迪夫は語る〉俺はよ、ただ百姓になってこのまま埋もれてしまいたくないという思いがあったから。虫けらのように、言葉を持たずに、表現活動もしないで、土に埋もれて死ぬのはいやだと思ったから。だから自分は虫けらのような生き方でなくて、物を見、発言のできる百姓にならなければならないと、そのためにも詩を書いていこうという思いもあったから。

本当は小説書きたかったの。俺は学校でもあまり勉強しなかったのよ。授業中に石川啄木の詩集を読んだり、小林多喜二の小説を読んだり、徳永直の『太陽のない町』なんかプロレタリア文学を読んだりしておった。中学時代なんかは将来の希望なんかよ、島崎藤村のような、『夜明け前』の島崎藤村のような作家になりたいなんて書いてよ、クラス仲間から笑われたこともあったけどな。でもなんせ貧乏だし、長時間、時間はとれない訳だから。まして日中時間はとれない訳だから、だから俺は、小説は、長いものを書くのは駄目だと。詩であれば一行書いても二行書いても自由詩という形で詩になるからということで、生涯詩を書いていこうと選んだ訳。

研ぎ澄まされた精神

『雑木林』に参加して木村の才能は早々に開花していく。次々に優れた詩を産み出し、高校時代にすでに詩人・伊藤信吉に高く評価されるまでになった。その文学的才能は、例えば、木村が詩を書き始めたばかりの十七歳の時に綴ったこんな詩にも伺い知ることができる。

朝

深い　深い
私達には　とうてい想像のつかない
深い　海の底から
しゃく銅色に輝く
老漁夫の手で引上げられた
一匹の魚のように
美しい大気を胸いっぱいに吸った
喜びにあふれている

水々しい朝の世界が
はちきれそうな元気で
冷い　水しぶきを
あたり一面に飛び散らしながら
いちもくさんに
こっちの方に走ってくる

――詩集『雑木林』より

木村は小学生の頃から家の農作業の手伝いをしていた。早朝、夜明け前の暗がりから、徐々に風景が見え始め、東の蔵王山の峰から太陽がゆっくり、ゆっくり、まるでスローモーションの映像のように姿を現して行く。太陽が昇り切るまでのゆるやかな時間は、一日の中で最も神々しく輝くひとときである。地球が暗黒の夜の世界から昼の世界に移っていく、夜でもなく、昼でもない不思議な時間帯を、木村はこの詩で描いた。

おそらく、深い海の底は〝夜の象徴〟で、老漁夫という太陽によって、海上の昼の世界に魚が引き上げられる、という想念が、野良で働く木村にはあったのであろう。田畑で働きながら、木村の心に自ずからそうした「幻視」が浮かんできたのであろう。木村はそれを取り逃すことなく、詩の言葉に焼き移し続けてきたと思うのである。

高校生の迪夫（前列右）と佐藤藤三郎（後列右）

上山農業高等学校には全日制と定時制があり、定時制には経済的事情などで全日制に通えない農村青年たちが、家の農業に従事しながら週３日間だけ学校に通った。

詩集『雑木林』

生徒たちはそれぞれの生活を詩に託して表現した。それは農業近代化以前の村の生活を今に伝える「貴重な記録文学」と言えよう。

でも、「幻視」とは何だろう。眼の前に存在する現実とかけ離れた荒唐無稽な空想に過ぎないのであろうか。そうではなく、現実の奥底に潜む真の姿なのではないのか。木村の詩を読み進んでいくと、ふと、そのような問いかけがしばしばよぎる。

そんな野良で働きながら心の中に浮かぶ「幻視」の世界を木村は折に触れ、六十年間、綴ってきた。老年になってからも自身の心象風景と、野良で働いていた時にたまたま目にした木の異変を重ね合わせた次の詩など、農民ならではの深い精神性を秘めていると思えてならない。

立ちあがる木

雪原の中から
立ちあがる木を見た
この村
木の村
櫻桃《おうとう》の木々の
巴旦杏《はたんきょう》の古木を見わたすと
いましがた　音たてて
起きあがり立ちあがる木の姿を見た

ひと冬じゅう降りつもり凍えつづけた
地雪の重みの瀕死のきわから
滅びのない木霊となって
飛び立つ言葉を　聴いた
目を遣るほどにどの木の裂け目も
痛々しく

雪解けひさしい季節のまえに呻吟してやまないのだが
農人《ひと》と農人《ひと》とが抱きあってこの地に棲みついたように
木と木が抱きあい　重なりあい
枝と枝とが曲がりあい
折れあい　伏しあい　倒れあい
暴虐の雪原に埋もれ横転している

が　待てよ
木はまだ死んではいない

木はまだ生きている
裂けてあらわな木の肌の奥から
樹液のしたたる音が
この村の千古の昔から　ポトポトと
絶えることない歴史の襞の流れとなって
聴こえてくるではないか

忘れかけたこの村の
始祖たちのかろやかな口承の物語を
ふたたび口ずさみながら
薄陽をうけて
木はいま一度起きあがり
這いあがり
立ちあがり
眼の先に映える村をめざして歩きはじめる

——詩集『光る朝』より

実際、木が自ずから立ちあがるはずはない。しかし、木村は「本当に木が立ちあがるのを見た」と私に語った。おそらく木は長い間、地面にひれ伏すようにして雪の重さに耐えながらも、木は折れることなく、しなやかに雪解けを待ち、ある瞬間、雪をはねのけ立ちあがったのだろう。その瞬間を目の当たりにした木村の眼には、木が自分で立ちあがったように映ったに違いない。そして、立ちあがる木に心を震わせ、自分たち農民も大昔から辛抱強く、しなやかに生き抜いてきた歴史に想いを馳せながら、年老いていく自分を励ましたのに違いない。この詩はそう読み解くことができるのではないか。おそらく木村だけでなく、日々、大自然と対峙しながら生きる農民の心に宿る不思議な世界が存在するのではないか。

逆境の中で

反戦詩人・木村迪夫

一方、農民詩人・木村迪夫はまた、反戦詩人とも呼ばれている。昭和十（一九三五）年十月九日に小作人の長男として産声をあげた木村は、まさに、日本が軍国主義の嵐が吹き荒れる真っ最中に生を受けた。戦争で父を失ったことは、木村にとって詩の創作の大きなテーマとなっていく。

木村が誕生する四年前の昭和六（一九三一）年九月十八日、中国に進駐する日本の関東軍の謀略で南満州鉄道爆破（柳条湖事件）、満州事変が勃発。翌年、日本は清朝最後の皇帝、溥儀を傀儡に満州国を建国する。迪夫二歳の時、日中戦争が勃発。そして六歳の時、太平洋戦争へと突き進む。昭和六年の満州事変から昭和二十（一九四五）年の日本の敗戦までの十五年に及ぶ中国との戦争は、木村家にとって苦難の連続であった。木村の父、文左ェ門は満州事変、日中戦争、そして太平洋戦争と、三度も兵士として徴兵され、中国戦線に送り込まれる。そしてついに帰らぬ人となった。

ここで木村の父、文左ェ門について少し触れたい。
木村文左ェ門は明治四十五（一九一二）年四月二日生まれ。十八歳で一歳年上のみねと結婚。

二年後の昭和七年二十歳を迎え徴兵検査、甲種合格で、妻と生まれたばかりの長女・千恵子を残し、直ちに満州事変の最中の中国戦線へ送られる。二十二歳で兵役義務を終え、新婚の妻・みね（迪夫の母）が待つ自宅へと帰還、その年の十月に迪夫が誕生する。

二年後の昭和十二年、日中戦争が勃発、すでに兵役義務は終えたにもかかわらず臨時召集、父は再び中国戦線へ送られる。父は有事に不足する兵力を動員する予備役として戦地へ駆り出されたのである。二年後の昭和十四年、再び帰還するが、昭和十九年六月、三度目の徴兵、またもや中国戦線へ送り込まれる。父はすでに三十二歳であった。翌昭和二十年八月十五日、中国で日本の敗戦を迎え、蒋介石軍によって、所属する第四十七師団二万人余り全員と共に現地に抑留（中華民国湖北省黄崗県余家湾）。翌昭和二十一年四月、抑留された兵士たち約二万人は日本への帰国を許されることになるが、帰国直前の四月四日、肺炎を発症、四日後の昭和二十一年四月八日、抑留された中国の地で戦病死。

〈迪夫は語る〉親父の思い出はないな。骨格隆々とした頑丈な父親だという想い出しかないな。記憶がないと言えば嘘になるけども、膝に乗っかって色々話をしたり、少年だから酒を飲むなんてことはなかったし、日常生活で親父が働いている姿を見ているだけだったな。当時、何をしゃべったとか、どういうことをしたという思い出はないの。

ただ、全体像は、忘れがたい全体像としては残っている。全体像としては尊敬していた。父親の生き方というのに対して、ある種の期待を寄せる、というのかな、良い父親だという思いがずっとあるからね。俺の父親の残したものには例えば、通信教育の早稲田講義録が残っておったり、石川啄木の歌集『一握《(ママ)》りの砂』の文庫があったり、『新古今和歌集』の文庫が残っておったり、そういう文学のことになると父は勉強もしたようだし、百姓の長男だから、旧制中学なんか行けなかったが、百姓しながら勉強に対する思いも非常に強かったんだな。そういう父親を尊敬しておったからね。そういう意味では精神性の高い父親だったなという思いはあるね。

父

息苦しい夕焼のもと
灰色によどんだ雪の中
その下に
俺の父は眠っている

真暗な〝無〟の世界で

聞くことも
話すことも
考えることさえ出来ない〝無〟の世界で
ゴツゴツした周囲の石ころと
浸み込んでくる雪の滴りを味わい
それによって
わづかな五体までが
今日も又風化されていくのを意識しながら
一人静かに
苦しい眠りを続けている

だが　俺の父は知っている
そうした自分の小さな〝悶〟が
かすかな〝呻〟が
積重ねられた土壌の間隙を上昇しては
薄暗い地上え《（ママ）》と這い出し
涯しもない大歓声となって

沈滞した雪野原を突きぬけ
朽ち果てた数々の樹木を甦らせ
はては
俺達を取囲いている
全ての山々をゆすぶるおこすことを
襲い来る
夕闇のヴェールにつつまれながら
俺は
俺の父に祈ろう
あなたの　その
変わりはてた五体のすべてが
褐色の土塊となり
味気ない石ころとなってしまっても
抱き続けてきたその〝気魂〟を
息子のわたしに残してください　と

――詩集『雑木林』より

昭和十九年の冬、三度目の出征の時、すでに五人の父親となった三十二歳の父・文左ェ門は「今度ばかりは行きたくないな」と言葉少なげにつぶやいたことを、当時九歳の木村は鮮明に覚えている。そして、遺言状を残し戦地へむかった。

遺言状

皆々一同へ
一・戦陣訓に曰く「屍を戦野に曝すは固より軍人の覚悟なり　従い遺骨の還らざることとあるも　敢て意とせざる様」と　心の構え名誉の遺族たることを忘れるな
二・相助け相励まし和楽を生活の第一義として協力し善隣の風を意を用い世人に笑われざる様

母上へ
御心配ばかりお掛け致し孝養も致さずに終わることは誠に申訳なく残念です
今後は母上の気性をして仕事にも一層の御苦労なされると存じますが　老年でもあり決して御無理はなさらぬ様　呉れぐれもそして若い者達ばかり故　御監督くださる様お願い致します

みね殿へ
迪男(ママ)の成年になるまではまだ年月も長いこと故　苦労も又一入《ひとしお》であろうが　母上の孝養は俺の分までも御希いすることとして　弟妹達とよく協力し子供達の養育下されたし　自分なき後はお前の責任は最も重大であり　一家の浮沈亦重大である筈故、良く身を大切にしてはげんでもらいたい

子供達へ
迪男(ママ)は父のあとを継ぎ農に立つ事勿論なり　みんな良く勉強して立派なものになれ仲良く　千恵子は一番大きいからみんなの面倒を見てやれ　みんな成人して後の事は常に母に申しあるゆえ　言われることを聞いて家の手助けになる様

戦争未亡人となった母

詩の創作を始めて四年後の二十一歳の時、木村は父の出征の日の様子を詩で綴った。

出征の日

わたしは知っている
あめ色に光ったおこさまが
上になり下になり
濁った糸を一面になすり合っていた
雨の日

冷たい
おせぢ言葉をなげかけにやってくる村人達
一人一人に
祖母はしわだらけの笑みをつくろい
母は
暗いじめじめした庭すみに立ち
赤飯の畑に
そっと泣いていたのを

わたしの
幼い眼は　忘れない

翌日
真黒な巨体がゴトゴト近ず《(ママ)》きはぢ《(ママ)》めると
バンザイという哀しみの合図を
いっせいにたたきつけられ
父は
静かに　広場をはなれていく

ふるさとの乾いた土も
ゴロゴロした石ころも
コケの生えたかやぶき屋根も
みんな
薄っぺらな小旗の波にかくれてみえない

バンザイという言葉をやめて下さい

日の丸のふるうのをやめてください
そしてもう一度
わたしにふるさとのにおいを
かがせてください

なさけのしらない群衆をあとに
ゴトゴト
重苦しいひびきを残こ《（ママ）》して
去っていく

その晩
あかしの灯された　たなの下で
おこさまは
濁った糸を吐きつくして
死んでいた

——詩集『生きている家』より

注：「おこさま」とは蚕のこと。漢字で書けば、「お子様」で、子

どものように蚕は大切なもの、という意が込められた方言。

当時、出征はお国のために戦地へ向かう名誉なこととされていた。妻も夫の出征を喜んで見送らなければならなかった。もし、涙を流していることが周囲に知れたら、「非国民」と非難される時代であった。物陰であっても、誰が目撃しているか解らない。涙を見せることなど出来ようもはずもない。

〈迪夫は語る〉お袋が泣いているのを見ていた訳ではない。実際はお袋も小旗を振って見送っていた。だから俺の想像で書いた。その日は真夏のおこさま（蚕）のさかりの時期だった。蚕は食欲旺盛で、毎日、大量の桑の葉を与えなければならないが、出征の日は餌を与える暇はない。だから飢えて蚕が飢えて死んでいくんだ。蚕の死と親父の出征していくことを重ねて書いたつもりなのよ。

「出征の日」を綴ったのは迪夫が二十一歳の時、すでに十二年の歳月が流れていた。九歳の木村が笑顔で夫を送り出す母の姿を記憶に留めつつ、母の本当の気持ちを想像して「出征の日」を綴ったというのだ。泣いていた母というのは、木村が創作したフィクションであった。詩である以上、現実そのままが綴られているのではない。むしろ、現実を超えた深い表現が高い芸術性となって人びとの心を打つ。だから木村は実際に見ていない母の泣く姿を想像で書いた。
　しかし、驚くことに、それは事実であり、真実だったのである。母は本当に泣いていたのだ。文字を書けなかった母は、後年、老人になってから公民館で字を習い始めた。そして生涯、たった一度だけ作文を書いた。

〈母・木村みねのたった一度の作文より〉　……ようやく十九さいになりました　十九さいの年にままお母さんのあねの家によめにくれられました　きょうだいだからきものもかってくれなくてもよいといってくれたのです　そして一年二年とたち女の子供がうまれました　春にうまれて冬の一月ころに夫がげんえきで　へいたいに　とられいよいよ今日は家から出ていかねばならなくなった　そのときわたくしはなんていったかわからない　夫が出ていったあとは　あっちへいってなき　もっちへいってはなき　だた心さびしくなくばかりです　こんなことだったら一年半はどうしてくらす　しかられながらそうしておしゅうとさんとはたらきつづけるのです　月日のたつのははやいもので　そうしているうちよいやく一年半もたってかへ《（ママ）》ってきたといってよろこんで
　二人ともせっせとはたらくことができました　また秋になるとよび役だのこうび役だのといってまたゆかねばならない　子供は三人になり　いってくるとまたもしょうしゅうれいじょうのゆう　あかいかみがきたといって心さびしくなり　なくばかりで

す　……ようやくかへ（ママ）ってきたといったら　またしょうしゅうれいじょうあかがみき
て　またしょうしゅうれいじょうがきたといって　さいごは子供五人です　すえの子
はかぞえの二つであった　子供が五人めの時にお父さんはしんでしまい　いつもへい
たいにばかりとられ　一生けんめいはたらきつづける　……よめにきてからただのい
ちどもわらったことがありません……まあ　いろいろなことばかり　そしてようやく
五人の子供をそだて上げました

この作文を書いてしばらくの後、母は認知症を発症した。木村は妻とふたりで十年間、母が亡くなるまで自宅で介護を続けた。認知症の母の介護を続けながら、木村は改めて、戦争が残した傷の深さに思いを致す。

〈迪夫は語る〉　お袋は二十歳で結婚して、親父はいつも戦争に引っ張られて家にいないし、戦後は俺たち五人の子どもと祖母、一家七人を俺のお袋は支えて、働きづめでね、女ひとりで働いて我々を育てて、そして一生を終える訳だからね。ただ、救われるのはよ、女房が家に来てからはよ、ガラリと姿勢が変わったな。働かなくなって、町通いが始まった。それまでは一年に三日と町に下らなかったからね。下るとするならば、リヤカーにトウモロコシや何かを積んで、戸別に売り歩いたもんだ。

六十代、七十代になってお袋は割合楽した訳だけれどもね、本性はなくならなかった訳だな。苦労した本性というのは死ぬまで持っておって、それが痴呆《（ママ）》の行動の中で出てきておった訳だ。厳しかったからねえ、家の母親っていうのは。自分が苦労した分だけ俺と女房には厳しかった。働け、働けってね。自分が働いたもんだから、働くこと一点張りだったな。認知症になってからも、田植えはしたか、種を撒いたか、あれを入れ替えしたかとしょっちゅう言っておったもんだ。頭の中らか離れない、農作業のことがね。涙が流れたな。そういう女を日本が生んではならないというかな、軍国主義が生んだ一つの悲劇だと思うな。

木村は認知症になった母親との十年間の日々も数々の詩に綴り、一冊の詩集『いろはにほへとちりぬるを』として世に問うた。その詩集に綴られた作品はどれもすべてが本当にあった事を詩として表現したものであった。その中の一編に、こんな日常が赤裸々に綴られている。

帰郷

今晩は今晩は
真夜中にどこかから叫び声がする

ふいの鳴り声に眼が醒め
裸のまま部屋を出ると暗がりの廊下の板の間で
綿入れ襦袢にもんぺを片足だけ穿き
何が入っているのかビニールの肩かけカバンを首に吊し
ふいの電灯の煌めきに眼を伏せながら
長い間お世話になりましたやっかいになりましたと板の間に額をすりつけ
村に帰ると言う
何処の村に帰るのだと言うおれの迫めを遮り
マギノ村へ帰るから連れて行ってくれと言う
ここがマギノ村だはやく寝床に行かねば風邪をひくと促すおれの手を振りきり
ミチオの家に帰るのだと叫ぶ
ミチオはおれだと己れの顔を指差すのだが
いや違うミチオはもっと優しいと言い返す
優しくて親思いで親切で
お前は邪険で
昼も夜も怒鳴りちらしてばかりいて
飯もろくに食《か》せねでひどい仕打ちだ

だからミチオの家に帰るのだ
マギノ村に帰るのだ
長ながお世話になりましたと苧麻の杖に身を起こし
立ちあがろうと必死だ
いまは真夜中で外は雪降りで凍え死んでしまう
夜が明けて朝が来たら
マギノ村のミチオの家に連れて行ってやるからと
寝床のある方へと手を曳くのだが
いま帰らねばマギノ村にもミチオの家にも戻り着けないとごね
またしても苧麻の杖を立て身を起こし
苧麻の杖をすべらせ身を這わせ
頬被りをした腰巻の緒に腕からませ脚捉られ
はては杖を戸板に力まかせにたたきつけ
夜はいつになったら明けるのだ
村へ帰るのだと
泣き叫ぶ

——詩集『いろはにほへとちりぬるを』より

20 代の迪夫

いつか村から脱出したいと切望しつつも、叶わぬ夢。木村青年は「村で一生暮す運命」と、青年団活動に邁進する。

70 代の母・みね

夫を戦争で失った母は、村人から「畑バカ」と陰口をたたかれるほど働きづめの人生だった。

祖母の慟哭

木村の詩の中で「祖母のうた」という詩はとくに有名な作品である。「にほんのひのまる　なだてあかい　かえらぬ　おらがむすこの　ちであかい」という表現が詩を愛好する人たちの間で良く知られているが、実は、その詩は木村の創作ではなく、祖母・つゑの創作であった。二人の息子を戦争で奪われた祖母が、戦後、亡くなるまでの十年間、毎日、息子を戦争で奪われた慟哭を働きながら歌っていたのだ。

〈迪夫は語る〉　俺の祖母が自分の息子ふたりを戦死させた訳だね。それでその悲しみを自分で歌に託して書いた訳よ。もちろん、文字を知らなかったから、頭で書いて自分で曲を作って、それを労働歌にしておった訳だけれどもね。唯一、祖母が知っていたのはご詠歌か民謡だったからね。ご詠歌に近かったな。そのお婆さんが、「おれに字が書けたなら、この戦争で受けた苦しみを書き残して死にたいものだ」というふうに言っておったもんだな。俺には字が書ける、そうなると、俺やお袋や家族が被った苦しみを書き残しておかなければならないんだという想いがあって、それが詩を書き始める大きなきっかけになったと思うな。

村に井上五平さんという若い兵隊がおったのよ。志願兵ね。おれの親父と同じ部隊で中国戦線に行ったのよ。この人が戦争が終わって一年後、昭和二十一年だったたな、村に帰ってきたのよ。ばあちゃんが五平さんの所へ行って、「俺の文左ェ門（迪夫の父）は、俺の文左ェ門は」とすがって聞く訳よ。五平さんは答えられなくて沈黙を通したのよ。そして死んだんだと解った訳よね。帰ってきて、そのとき、ちょうど田植えの準備で、お袋もおばあも田んぼから還ってきて土間で皆で号泣したことを覚えているな。家族中で。それから祖母はぱったりと蚕室に籠って三日三晩泣き通しで泣いておったな。

それまで俺の叔父の良一が南洋のウェーキ島で戦死した知らせを知った時は、おばあは「叔父子というのは家なしだから、国のために尽くしたんだから良いんだ」と言うんで、涙ひとつこぼさなくて、赤飯炊いて神棚にあげて戦死を祝えとこう言ったんだな。まさに皇国の母だった訳だ。それが親父が死んだことを聞いて、一転して怨念の塊になったたな。そして自分で歌を作って頭の中で歌を作って歌っておった訳だ。俺が十一歳の時だった。それからお婆さんが死ぬまでの十年以上、毎日、歌い続けたな。

祖母のうた

しゅっせぐんずん（出征軍人）は
いくさのかど（門出）に
ははつまよんで
わしのいねあど
このこたいせつに
もしもせんそうにでたとのしらせ
きいたとて
なくな

なだてなきましょ
わしもあなたのははじゃもの
みくにのおんためすすみゆけ
のこるこのこはいとわねど
のこるははつま

みのほまれ

まけてしぬのはなさけなや
だれもありがたさあもない
いだい（痛い）からだではたらいて
このうず（家）たてねでおられよか

しろきいはいのまえにでて
もみじのようなてをあわせ
おっちゃんかたきはアメリカと
ほんに
アメリカてきじゃもの

ふたりのこどもをくににあげ
のこりしかぞくはなきぐらし
よそのわかしゅう（若衆）みるにつけ
うづ（家）のわかしゅういまごろは

さいのわら（賽ノ河原）でこいしつみ

おもいだしてはしゃすん（写真）をながめ
なぜかしゃすんはものいわぬ
いわぬはずじゃよ
やいじゃもの（焼き付けたもの）

じゅうさんかしらで
ごにんのこどもおかれ
なきなきくらすは
なつのせみ

なんのいんがか
いくさのたたり
みせものうづ（家）になりました

にほんのひのまる

なだてあかい
かえらぬ
おらがむすこの　ちであかい

おれのうたなの
うただときくな
なくになかれず
うたできく

おごさま（蚕）
おごさま
なにくておがる（育つ）
うらのはたけの
クワくておがる
おがたおこさま
なさけがあらば
たおれたおらえのうづ（家）おば

軍服姿の父・文左ェ門（前列左から２番目）と軍人たち

昭和６（1931）年、満州事変勃発。昭和７（1931）年１月、文左ェ門は現役兵として中国戦線へ出兵。翌年７月除隊するも、日中戦争、太平洋戦争と３度も中国戦線へ。日本の敗戦で中国人に抑留され、昭和21（1946）年4月8日抑留地の湖北省にて肺炎により、帰国を目前に戦病死す。

祖母・つゑ

二人の息子を皇国の母として戦地へ送り出した祖母だったが、戦後、息子たちの戦死で怨念の塊となって、死ぬまで呪詛の歌をうたいつづけた。

ごてんにしてよ

――詩集『わが八月十五日』より

非情な村

〈迪夫は語る〉祖母は蚕の世話をしながら歌っておった。私の家は街道筋にべったりとくっついていた家だから、障子一枚で外と内が隔離されておった家だから、声がどんどんと外に聞こえる訳だね。そうするとその労働歌が、そのご詠歌の節をつけた歌が、外に聞こえる訳だ。そうすると道を歩いている人がよ、あそこの家の前を通る時は、泣いたふりして、悲しいふりして通れと、流布されたものだな。だから村の連中とはなんと冷たいもんだなと、俺は大きくなったら、いつか見返してやるという思いで、反逆心に燃えておったな。

切ないんだ、切ないな。戦争っていうのは絶対、俺の親父がおったなら、俺の生活ももっと変わっただろうし、家族全体の生活ももっと明るく楽しいものになったであろうという思いでいっぱいだったな。戦争で親父と叔父が死んだばっかりに家が村でも一番の貧乏になってしまって、その生活を強いられるようになったと、これから何とか大きくなったら脱却しなければならないという思いだったな。脱却しなければならないという思いよりも、こんな村から脱出してやれという思いでいっぱいだったな。大変な、村の人たちの仕打ちというのは、大変な暗い、痛烈な仕打ちだと思ったから。

やっぱり男手がないというのは村生活で大変マイナスなもんだから、マイナスというか、大変だからね。例えば人足がある、人足は、ちいさい俺が行かなければならないね。それから米の供出、あの頃、終戦後は、生産した米は供出といって、国の割当に従って、政府が買い上げてくれる訳だから、そうすると米はみんな出したがらなかった訳よ。そうすると割当がどすっと来てしまったりね。

若い時から、親父がいないということで、男手がないということで、村ではずいぶん痛めつけられたもんな。痛めつけられた、例えば、村は共同体社会には違いないんだけれども、相互扶助の精神に貫かれていて、非常に暖かい所だと、お互いに助け合いながら生きていくのが村社会だということをものの本には書いてあったけど、俺はそんなことは全くまやかし、嘘だと思った訳。男手がない、親父が死んでいる訳だから、そうすると、お袋と俺と俺の兄弟たちばかりだったから、そういう家庭には酷な社会だと思ったな。

酷な村っていうのは、非常な情けの知らない状況が村だということがあってな。例えば俺のお袋なんかある人に稲の追肥を何をすればいいんだと聞くと、丁寧に教えてくれないでよ、石灰窒素でも撒いておけという訳だ。そうすると俺のお袋はその通り、石灰窒素を撒く訳だ。そうするとべったりと倒れてしまって、秋には収穫にならなかったという状況があった。

それから戦後はコメ、供出、強制的に出荷をさせられた訳だね。村に割当がくる訳だ。そうすると権力のある人たちは比較的、その割当を自分の所は少なくして、俺の所、男手のいない所を多くするとかよ、逆に肥料の配給なんかはよ、自分たちが多く取って、母子家庭のような俺みたいな所には肥料を少なく配給するとかよ、そんなことを垣間見ておったからな、俺はな。よし、今に見ておれとよ、俺が大きくなったら仕返しをしてやるぞということが常に頭にあったな。それで常に村に対する反抗心がみなぎっておってね。村の寄合では俺は事あるごとに反抗したな。いつも執行部の方から、お前みたいな若造に何が解る、というような罵声が飛んだりよ。俺の女房なんか「お父さん、寄合に行ったらしゃべらないでこいよ」と。寄合に行くと、必ず文句を言って、会場を混乱させてくるというのが俺だったから。心情だったから。心情と言ったらおかしいんだけどな（笑）。

とほうもないならわし

三尺切り込まれたら
六尺切り返せ
おめえのじさまがお人好しだったら
そらあ減るのはあたりまえですたい

三尺切り込まれたら
六尺切り返せ
おめえのおやじがおとなしかったら
そらあ無くなるのはあたりまえですたい

裸になったおめえの山を跨いで
隣地のおやじはがなり立て
死んだおやじを連れてこい
遺言状に書いてあったかと云うですたい

役員衆を引っぱって行ったところで
帰りの酒に気がめいって
楢の木いっぽん眼にあ入りますまい
おめえの出す酒はのまれ損

三尺切り込まれたら
六尺切り返せ
村代々からのならわしは
そらあおめえが金持ちになる秘訣ですたい

——詩集『何かが欠けている』より

戦争で父を失って

〈迪夫は語る〉　木村家は男は早死にしているから、女手ひとつで家を支えなければならなかった。おじいさんも五十六くらいで死んでいるからね。親父はもちろん三十五で死んでいるし。そうすると家を支えるのは女だった訳だ、全部。祖母であり、母であり、そして今になって俺の女房だった訳でね。俺はまだ生きているからいいようなものの、女で支えられてきたな、俺の家は。

十代の時代は暗黒の時代だったな。俺の家の生活はまさに暗黒の時代だった。特に貧乏で、貧乏というのはなるもんでないなと思ったけど、俺のお袋と祖母は年中喧嘩しておってねえ。銭の無いけんか、それから世の中についての認識の違いの喧嘩、喧嘩が絶えなかった。

銭の無い喧嘩、それから貧乏な喧嘩、銭無いと貧乏と同じことだけど、それから認識の喧嘩っていうかな、俺の祖母は社会認識の豊富な人だったから、それに対して俺のお袋はただ、世の中に発言しないで、一生懸命働けば飯食っていけるという一語だったから。一念だったから。ただ黙って働いていけば飯食っていけると。それに対して祖母に対してはいたたまれなかった訳な。祖母にとっては、やっぱり自分の嫁はもっと世の中知ってもらいたいというのがあったろうな。

十年

1

チチが死んで
オジが死んで

ソボが生きて
ハハが生きて

たった九歳のオレが残って
オレの下の四人の弟妹が残って

泣いたってしかたがないと知りながら
みんな泣きながら
生きてきた

泣いてばかりいられないと
無理に笑顔つくろって
生きてきた

2

それから十年――

今ではオレも一人前の百姓
金のない貧乏はとりかえせない
そんな無能なオレだって
みんな泣かずに
冷たい茶わんを持たずにすむようになっている

おハツさんや　お前さんの息子はええ立派な若い衆になったもんだや
死んだお父っつぁんにそっくりだて

――顔型といい　体格といい
ようやくお前さんも楽ができるよって
わたしゃ一つ　ええ嫁っ子さがしてやるべよなあ――

そんなヒソヒソ話が
ウラの垣根のあたり
桑の樹の陰あたり
ときとしてオレの耳に入ってくる

3

テンと
チ　と
そしてこのヨのすべてが
アメだって
カゼだって
アラシだって　どうでもいい

タと
ハタケのすべてが失せたとて
どうでもいい

ソボと
ハハと

オレと
オレの下の四人の弟妹の生きた十年はまだまだきびしい
アメと
カゼと
アラシの　中だった

アメにぬれたとて　もう泣くまい
カゼにふかれたとて　わめくまい
アラシにうたれたとて　さけぶまい

オレ達の生きのびた
夕と
ハタケのすべてが失せたとて
死にますまい

もうどんなことがおころうと
人類家庭におとずれた
センソウという
かくもいたいけな悲劇ほど
長つづきはしないだろうから

――詩集『わが八月十五日』より

村を描く

真壁仁との出会い

木村は高校時代、東北を代表する農民作家、真壁仁（一九〇七〜一九八四年）と出会う。真壁も山形の小さな農家の長男として生まれ、十代の頃、詩人を目指して高村光太郎、尾崎喜八に師事、農業や農民の真実を伝える膨大な詩や評論を世に送り出し続けていた。農民芸術としての黒川能の魅力を発見し世に知らしめたのも真壁であった。

〈迪夫は語る〉 当時、戦後の生活記録運動が非常に盛んで、もちろん、その初っ端はやまびこ学校を起点とする無着成恭の山元中学校、山びこ学校の教育運動を発端として、地域社会に生活記録運動が蔓延しておった。どこの村でも、どこの集落でも生活記録文集を持っておった時代でね。

そんな時代に私らは農業高等学校で『雑木林』という詩集を発行したんだが、その詩集を発刊した記念に真壁先生に、秋の文化祭に是非講演に来てくれと、お話をしに来てくれということをお願いに真壁先生のお宅に伺った。そして真壁先生は快く文化祭に来てくれて、その時の話が、当時真壁先生は四十四、四十五歳頃だと思うんですけどね、宮沢賢治論を語ってくれた。非常に熱っぽく、情熱的に、同じ意味合いです

真壁仁と迪夫

父を戦争で奪われた迪夫は、真壁を第二の父と思い定めた。迪夫だけでなく、真壁は山形の数多くの農村青年たちを農民文学者として育てた。

けど、語ってくれてね。例えば忘れられないのは、宮沢賢治は結婚しなかった。それは何故かと言うと、知的労働と肉体労働と性生活は三者三立はできないんだと、体力的に知的労働と肉体労働で精一杯なんで結婚しないんだということを真壁さんがしゃべってくれたことを今も覚えている。

それが私は真壁仁という人を明確に意識するきっかけになった。真壁先生は『雑木林1号』に寄稿文を寄せてくれた。それは、単なる生活記録じゃないんだと、生活記録からスタートしてそれを文学的レベルまで昇華していかないと、本当の生活記録にはならないんだと、文学的昇華を求めてこそ真実を追求できるんだと。

〈真壁の寄稿文〉

詩をかく人のために

諸君の詩は実によく「生活」をありのままにうつしています。そして諸君のことばは詩のことばより「生活」のことばであるのです。「生活」のことばが必ずしも「詩」のことばとして最善のものであるかどうかは問題でしょう。詩のことばのふかさ、高さ、正しさというものは、日常つかっているからというだけの理由では出てこないと思います。(中略)

あなたたちがみんな素直なことば、使いなれたことば、むだのないことばで詩をか

いていることは正しいことです。正しいけれどもつかっていることばなら、なんでもよいということにはなりません。（中略）

詩に書かれる生活はありのままの「事実」だけでなくて、それの批評や組立てや、理想に向かわせるものでなければならないと思われるのです。生活の苦しさ、つらさを書くことは大切ですが、そのくるしさにすくんでしまってはだめです。くるしさを覚悟しながら、それをたえて生きてゆく力を自らあたえてゆくのが詩だと考えてもよいでしょう。詩をかくことで、自分を観察し、考え、批評してゆくとき、心に余裕ができたことになるでしょう。

——『雑木林1号』寄稿

木村がこよなく愛する真壁の詩、「峠」がある。

峠

峠は決定をしいるところだ。
峠には訣別のためのあかるい憂愁がながれている。
峠路をのぼりつめたものは

のしかかってくる天碧に身をさらし
やがてそれを背にする
風景はそこで綴じあっているが
ひとつをうしなうことなしに
別個の風景にはいってゆけない。
大きな喪失にたえてのみ
あたらしい世界がひらける。
峠にたつとき
すぎ来しみちはなつかしく
ひらけくるみちはたのしい。
みちはこたえない。
みちはかぎりなくさそうばかりだ。
峠のうえの空はあこがれのようにあまい。
たとえ行手がきまっていても
ひとはそこで
ひとつの世界にわかれねばならぬ。
そのおもいをうずめるため

たびびとはゆっくり小便をしたり
摘みくさをしたり
たばこをくゆらしたりして
見えるかぎりの風景を眼におさめる。

――詩集『日本の湿った風土について』より

〈迪夫は語る〉 真壁先生が昭和二十六(一九五一)年、四十四歳の時に毎日新聞社から『弾道下のくらし』という農村青年の生活記録集を編集して、これを出版したんだけど、その中に私の詩を五編入れてくださった。そしてその原稿料を送ってくれてね、当時百円。真壁さんは正直な人だから、その原稿料を農村青年の原稿を寄せてくれた人にみな分け与えたんじゃないかな。真壁先生がどれほど取ったのか、取らなかったのか私は知らないけど、百円私はもらいました。その百円は原稿料をもらった生涯初めての原稿料だった。だから『弾道下のくらし』のページにその百円札を未だにくっつけて、使えないようにして記念にとってある。

『弾道下のくらし』は真壁仁と日頃付き合いのある農村青年たちが書いた小説や生活記録、詩の数々を収めた書物である。『弾道下のくらし』と題したのは、アメリカ軍の射撃場となった

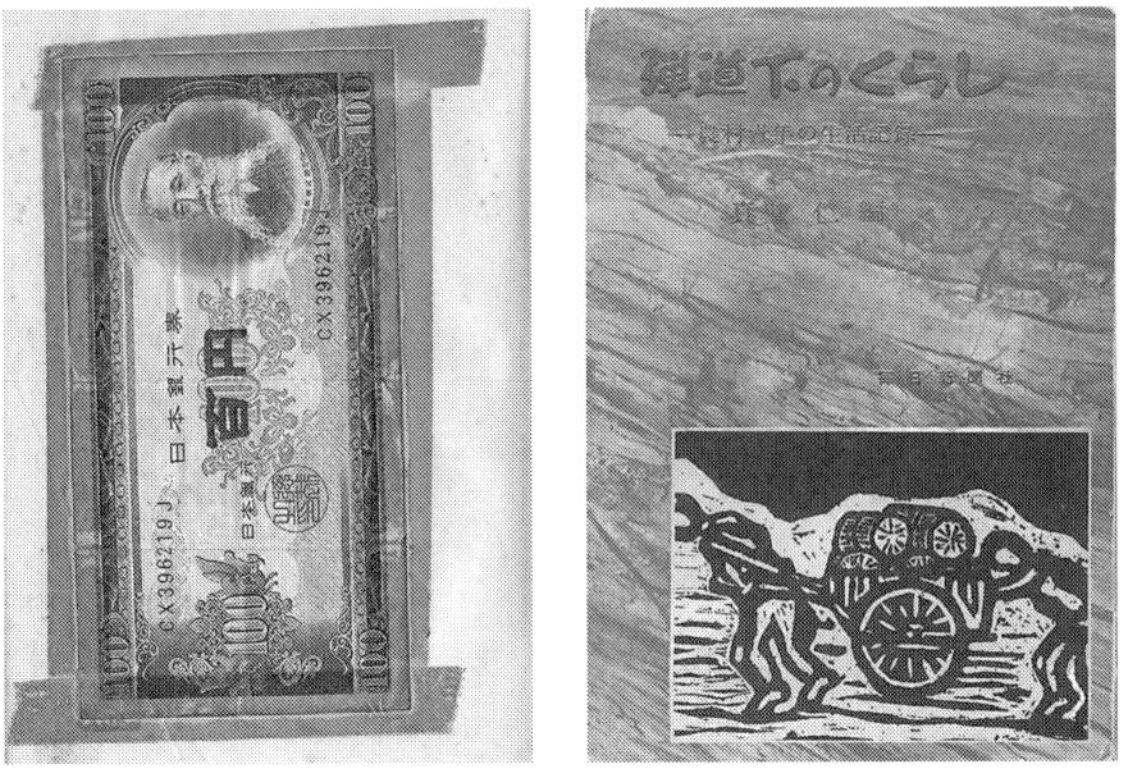

『弾道下のくらし』と表紙裏に張り付けてある百円札

戸沢村（現在、村山市に合併）で、大砲と機関銃が飛び交う砲下のもと、農耕と炭焼きを営みながら暮らしている青年たちの作品を載せたことから名付けられた。厳しい農業の労働をしながら創作活動を続ける当時の農村青年たちの強烈な息吹を今に伝える貴重な書物である。そこに紹介された木村の詩に、高校時代に『雑木林』に掲載した「米」という作品がある。貧しい暮らしにあっても木村の止むに止まれぬ文学への渇望を綴った、青春の苦い想いがストレートに伝わってくる切ない作品である。木村はこの詩を昭和三十三（一九五八）年、二十三歳のとき私家版として出した処女詩集『生きている家』に掲載した。

米

米をにぎるわたしの手が
たった一度

かすかにふるえていた
しかし
この真白な一粒の米が
わたしの胸をかきむしる夢と希望に化することを知った時
わたしは
わたし自身が何をやったのか　忘れてしまっていたのです

わたしは母にいえなかった
授業料をくれ…と
昨日の
魚屋が来たとき
米と秋刀魚をとりかえていたのを私はみたのです
夕方
村の消防団が集金に来たとき
サイフをさかさにしていたのをみてしまったのです

わたしはその金で

事務室の前に飾られた黒板から
とうとうわたしの名前を消すことができたのです
醜いわたしの名前が
頭から
胴え
胴から足え　消されていく
その様子をみつめるわたしの眼は
異様にかがやき
よろこびにあふれていたのです

わたしのポケットには
まだ三百円残っていたのです
君はこの恐ろしい金を何に使ったと思いですか
そう　わたしは本屋に行ったのです
ああ　わたしはこの本を手にするまでに
何日あの店に通い
何回あの書棚の前に立っただろう

朝　学校に行くとき……
夕方　家に帰るとき……
わたしはどんな恨めしい眼を注いだかも知れません
〃松川詩集〃
この本は永久にわたしのものとなったのです

そのあとわたしはどうしたでしょう
そうわたしのポケットには
まだ八十円残っていたのです
わたしは映画館に行ったのです
あの青いネオンのまたたく映画館なのです
〃蟹工船〃
あのむごい漁夫達の中にうごめくわたしの姿を
わたしは　はっきりとみたのです
彼らは
あの恐ろしい波の上で斗かっていました
わたしは

それよりもけわしい山の上で斗かっています
彼らは
あの苛酷な弾圧のもとで　みぢめに生きておりました
けれども
わたしはそれよりもなお真暗な山の下で生きております
彼らは希望をもっていました
小説家になる夢を……
可憐な恋人とやがて結ばれる夢を……
わたしも夢をもちましょう
詩人になる夢を……
可憐な恋人の得られる夢を

わたしのポケットには
もう二十円しか残っておりません
あの
真白な米がたった二十円に変わってしまったのです
けれど

わたしは後悔をしません
ただ
この二十円の使い道を考えているだけです

——詩集『生きている家』より

〈迪夫は語る〉 真壁先生が文学という意識に大変こだわったことについて、惹かれた。私も単なる生活記録であってはならないと、そこにある文学的志向性というかな、昇華する、言葉を吟味する志向というかな、思惑は無くてはならないと思っておったから、そういう点では真壁さんには大変惹かれた。

昭和二十九年の三月に県立上山農業高校定時制を卒業すると、私はすぐさま詩を書いて生きていこうと、生きていこうじゃなくて、百姓しながら詩を書いていこうと思った訳だ。で、一年間だけ大学の通信教育を受けたが、やっぱり大学の通信教育っていうのはスクーリングがあるからね、とても出席できないということで、一年でやめて、春先に卒業するとすぐに真壁さんの所に走っていきましたから、弟子にしてくれなんていう言葉は私は使った憶えはないけど、私としては第二の父親だと思った。

私は若い時分に父親がいなかったもんで、父親の愛情というものを全く知らない。私の弟や妹は父親の顔さえ知らない。そういう中で育ったから、真壁仁は第二の父親だと、人の親を第二の父親なんて大変不遜なことだけど、その心意気を見て真壁先生の門を叩いた。真壁先生は実に懇切丁寧に色々話してくれてねえ、それが何をどのような話であったかほとんど覚えていないが、私は来て良かったなということを、真壁先生っていうのはすごい人だなあと、優しい人だなあと思って帰ってきた。そして帰りに、あの時私はバイクはまだなかったかなあ、自転車で行った、牧野から真壁先生が住んでいる山形市宮町まで距離にすると何十キロあるかな、自転車で行った。帰りに真壁先生は『青猪の歌』、青猪の歌の詩集を新聞紙に包んでくれて、そして十文字に結ってくれて、そしてハンドルの所に結わい付けてくれてねえ、頂いて来た思い出がある。

それからもう一つ真壁さんは添削ということは、赤を入れるということは絶対にしなかった。弟子である我々について。誤字脱字の間違いは直してくれたんだけど、ここをこう直せとか、ここをこう入れ替えれば良くなるとか、そういうことは絶対言わなかった。これは物足りなかった、正直に言えば。私は物足りなかったけど、考えてみれば、その作品にはその作品の由来するところの本人の作者の意図があると、そういう作者の意図を尊重してくれたんではないかなと思うようになった。真壁さんはどう思っているのか聞いたことはなかったですけど、私はそう思うようになりましたね。そうすると胸がすーっとおりて、ああ、そういうことかと、そうするともっと良い作品を書かなければならないんだなあという思いで少しは励んだ訳だ。

その当時、真壁をも驚かせた木村の詩「おはんのうた」がある。木村の祖母・つゑの生涯を通じて、明治時代から昭和に村で生き抜いたひとりの女性を詠った「おはんのうた」である。

おはんのうた

二人の子供を国にあげ
残りし家族は　泣きぐらし
よその若衆　みるにつけ
うちの若衆　今ごろは
さいの河原で　小石つみ

おはんはうたが好きだ。うたうのが好きなのではない。作るのが好きなのだ。
それでもやっぱりうたわねばならない。
軍かんがどんなに大きいか。

鉄砲だまがどんなに固いのか、そんなことは知ったものではない。

2

藁ぶき屋根がとぶ
煤けた障子がバリバリ闇をのたうちまわる。雪隠が、雪隠が、
あれあれおらあの上を転がっていく。
「あんっあー」おらあは思わず　叫んだ。
けど、その時「あんっあ」は国港湾にいてよう、
乃木大将軍のところで、日干しになった喇叭を吹いていただ。

おらあの腰巻はどこへいっただ。
おらあの腰巻はどこへいっただ。

次の朝、おらあの腰巻は、実らねえ稲のかわりに、泥だらけの茎にひっかかていた。
部落中の娘っこの腰巻が、部落中の田ん圃に実っていただ。

3

おはんは夫の顔を知らない。おはんが夫の顔を知ったのは、
この家に来てから三年目。
裏手の山の松の根が、めらめら燃えたぎって、
黒い黒いおらあの顔と、
黒い黒い夫の顔が一緒になって、つんどく節の連中に、どぶろくを振るまった。

寝床に松の根は焚けない。行燈の油がこれっぽちも残ってはいない。
巨大な節くれだったその手で、わらしがおふくろの乳房をむさぼるように、
たった一度、おらあのからだを、きつく抱いてくれただ。

冷たい光がやがて戸口に訪れると、温みのきれた赤紙が一枚、
ねっとりとした敷布にくるまって落ちていた。

それから三年目

おらあは犬っころのように子供を産み落とした。文太郎に文治、文助、文吉――、この畜生め、おらあのこの腹め、楢、栗、松、蒼い蒼い田圃の中の土堤っ続き――。文三、文四朗、はる代に、きみ代、なつ子――。それでもおらあの腹は豚っ腹。

4

田　四反六畝。
畑　三反七畝。
たんす　三さお。
長持。
釜。
なべ。
鎌。
鍬。
引き出し。
おぼんに、
茶わん。

〆て一千四百五十円也。
父っつぁ酒を止めてくれ。
ところ一面ひらひらする赤紙の前で、ひ猥なとっくり踊りは
止めてくれ。
お前たち、ころりころりと屠されねえで残った、
息子よ、
娘たちよ、
ボルネオっちゅうところは金になるぞよ。
はる代、お前は満州だけん。
大阪の何とかちゅうでっけえ紡績工場は、生花もおしえてくれるって云うでねえかよ。
きみ代よ。
なつ子よ――。

5

たらちねの親のおしえを守りてぞ
　弓矢の道を吾れはゆく故里

あれから、
ひき裂かれ　よどんだ無芒の空を縫って、
三百六十五日を幾回となく踏みにじり、
執ようにおとずれる、
その日。
蒼い緑はどこにある。
蒼い山はどこにある。
赫くただれたこの河で、折れた肋骨を流しているのは誰。

息子達よ　泣くな。
娘達よ　泣くな。
あゝ
お前たちにそんなうたをおしえたのは、
（おらあ）だったが、
疲れきったお前達無臭の陰部を逆づりにしたのも、
（おらあ）だったが――。

負けて死ぬのはなさけなや
誰もありがたさあもない
いだいからだではだらいて
このうづたてねでおられよか

うたうぞよ。
この廃れた屋根うらで。
みんながそれでも蒼いというこの空の下で。
声をかぎりに、
（生）のうたを、
うたうぞよ。

——詩集『わが八月十五日』より

真壁はこの詩をこう評した。

第二節は、おはんが新婚まもない夫を赤紙一枚で日露戦争にとられた昔の追想をお

真壁を囲む農民文学懇話会「地下水」のメンバーたち

農民の文学運動誌「地下水」

はんのことばで綴ったものだ。ある夜ひとりで寝ていると暴風雨が荒れて屋根を吹き飛ばす。寝ている頭の上を雪隠（便所）がすっとんでいく。そのとき思わず「あんっあー」と夫を呼ぶ。あくる朝、みのらない田んぼに部落中の娘っ子の赤い腰巻がひっかかっている。この暴風雨のイメージは凄く強烈である。……これは素朴な記録などではない。暗い時代をひしがれて生きた農民、特に農村の女のみじめな歴史を、そのどろどろとした血を承けた子として内側から描きだそうとしている。

――『詩の中にめざめる日本』より

真壁仁のもとに、木村迪夫、星寛治、斎藤たきちら、文学を志す農村青年たちが結集、農民の文学運動誌「地下水」を創刊する。ほぼ年に一冊のペースで五〇号まで発刊、昭和三十二年の創刊から平成二十六年まで五十七年間、活動は続いた。そして「地下水」に結集した農村青年が山形を代表する農民詩人・農民作家として育っていく。

結婚

木村は二十四歳で結婚。それは必要に迫られた結婚であった。祖母がガンで入院し、働き手が足りなくなったのである。

「丈夫で百姓をやってくれる女が欲しい」。木村の望みはこれだけだった。すぐに嫁探しが始まった。山形市近郊の村に適当な娘がいるという話を聞き、木村はその晩すぐに自転車でその家に行ったのが五月末、そして結婚式を挙げる予定の十二月より半年も早い六月には家へ連れてきてしまった。大きな農家の家に生まれ、中学を出てからずっと農業の手伝いをしてきた、一歳年下のシゲ子。「ひと目ぼれ」といってしまえばそれまでだが、シゲ子のほうも何の抵抗もなく、嫁に来たという。

〈迪夫は語る〉 彼女に出会ったのは、祖母が蚕飼いをやっておった、ずっとね。百姓仕事、一生懸命やっておった訳だ。蚕飼いをやったり、そういう時に、ガンで倒れたのよ、胃ガンで。胃ガンで倒れて、死期間近の時に俺は祖母から祖母が作った歌を全部書き写したんだけども、祖母が倒れた時に蚕飼いが不可能になった訳だな。にわかに女房の実家に見合いに行って、村に世話してくれる人がおって、五月に夜、見合いに行った訳だ。見合いに行ったということは見られに行ったみたいなもんだけどもな。

そして一週間後に家に連れてきた訳よ。結婚したのは十二月なんだけども、十二月二十四日だったんだけども、師走に入ってからなんだけども、見合いして一週間後に連れてきて、畑仕事を、田んぼ仕事をしてもらった訳。家の女房に言わせると、「私は百姓するためにもらわれてきた、働き手としてもらわれてきたんだ」と、こう、今でも言うんだ。彼女は、自分は百姓の家に生まれて、百姓の家に嫁に行くのが運命だと、人生だと、幼い頃から思っておったからねえ。特別、抵抗がなかったんじゃないかな。働いたなあ。いい働き手であった、そういう意味では（笑い）。

〈**妻・シゲ子は語る**〉第一印象って言ったたって、私もよ、格別、その前にも何回か見合いしているしね、特別なやつなんて無かってけどな。家の本家のじいちゃんが謡《うたい》やってたのね。家の父も謡師で、何人も弟子がいる訳よ。私らが小さい頃っていうのは、冬っていうと十一月から毎晩、謡の弟子たちが何人もくる訳よ。十畳間の部屋、ぐるーっといっぱい毎晩来たの、冬期間だけね。そういう関係でおとうさんの本家のじいさんともよく知っていた仲でもあるし、私の親戚さ、ここから牧野へ婿養子に嫁いだ人がいたの。で、親戚っていうか、牧野さ来て話聞く限りで、まあ、いい息子だという話で……。

親の勧めだべな、結果としては。知っている人を信用しているんだべな、親はな。だって私はお父さん（迪夫）のことを何も知らないで、来たもんね。好きな人もいたったとか、そういうことも何にも知らないで、聞きもしないし、誰も、親さも教えなかったしよ。初めて会ったとき、表面だば優しい人だと思ったけど、格別、この人だとは、あんまりな。だから何にも知らないで、交際もしないで来てしまったんだね。

本当に周りの人を信用したっていうだけだな。新婚旅行なんてなかったから。お互い忙しくなって。新婚旅行なんてなかったし、結婚式は簡素化でしたんだね。簡素化第一号でね。会費制でね。あの頃は公民館でなくて家でしたんだけど、お祝いなんてでなくて、簡素化でしたもんだから、村の人たちから、「あだな結婚式なら何時でもする」なんて、「金かからなくて」と、ずいぶん批判されたらしいな。

比較的大きな農家に生まれたシゲ子は、貧しい農家の木村家に嫁いで、それまでの暮らしと百八十度変わった。結婚当初は戸惑いの連続であった。

〈シゲ子は語る〉 とにかく、この家の田んぼっていうのは箇所が何ヵ所もあるし、箇所の中でもちっちゃい田んぼが何ぼもあったのよ。蓑広げると田んぼが見えなくなるような田んぼがで、まず、ほだな訳ないんだけど、そのような田んぼがよ、何ヵ所もあった訳よ。ちっちゃいのばかり。おらえのは（木村家のは）特別、枚数おかいのよ（多いのよ）。本当に枚数おかくて、まあず、牛で耕地しているうちも、お父さんはまず、牛の後ろに機械をつけてすっから、私は前で牛の〝指せ取り〟っていうの、牛の誘導ったらね、その中でもやっぱり、牛の田んぼの移動っていうか、そういう苦労はいっぱいあったからな。だから、耕耘機買ったのよ。買ったのはいつなのかなあ、村

上／迪夫・シゲ子の結婚式
中／花嫁姿のシゲ子
下／蚕仕事のシゲ子

では割と早かったんだけども、耕耘機仕事するにしても、何するにしても不自由な訳よ、ちっちゃい田んぼっていうのはね。そうして不自由な仕事しているうちに、やっぱり蚕でも終わって、秋遅くだかな、ふたりで田んぼを広げていったのよ。落差のない所から畔を取って広げた所もあるし、そのうち何ヵ所か、落差のない所と思って広げてきた、人力だなあ。機械なんてことは、機械はもちろん無いし、頼んでするもないしね。

そしてここさ嫁に来て蚕だべ。蚕さ、毛虫がいるの、葉っぱさ。桑の葉、毛虫が。それには私は負けんのよ、苦労したな。桑取ってきて、大きなカマスっていって、おっきな筵で作った入れ物、あるんだけど、それさ積んできて、持ってきて水ぶったりして攪拌するのね。だと、毛虫がいる訳よね。それが腕につくと、みな、ブクブクブクブク腫れてよ、いや、それは苦労したな。蚕っていうのは夜も仕事あっからねえ。夜、桑の始末っていうかな、何かかかにかってあるんだ、寝る暇ないなんてなんねえから寝るけども、でもやっぱりそういう苦労はいっぱいあるな。家も汚れるし、蚕は大変だ。やっぱり食べる生き物っていうのは大変だ。はいず、蚕やめてから桑畑を果樹に変えた。果樹になると夜は仕事はあんまり、外ですんなねえ仕事ってあんまり無い訳よね。だから逆に果樹のほうが楽だって気はしたな。果樹だって同じだって言うものの、蚕の方が魅力ないな。でも一時高くてな。繭が高くて、それで助けられたあれはあるけどな。

それとよく映画観《み》には連れて行ってもらったな。映画観。何観たっていうとちょっとあれだけど、よくあの頃で映画見せてもらったのは私くらいだべな、嫁で連れて行ってもらったのはな。お父さんは映画好きだったしな。自転車でね、ほだな砂利道だったべ。二人乗りで行ったの。二台も自転車ないべし。毎週ってことはないけど、月に一回ぐらいね。必ず私は連れて行ってもらった。他の人は映画観なんて行ったことないっていう人ばっかりだったけどね。お父さんが連れて行ったんだけど、ばあちゃんは気に食わないんだね、仕事もしないで映画観に行くんだからね。あの、うちのばあちゃんはよ、「仕事もしないで遊んでばかり」と、やっぱり思うんだな、ばあちゃんとしては。

えたいのしれない季節のうた

おまえを愛しているから
雪がやんだのではない
おまえの唇に触れてみたかっただけだ

おまえを抱き過ぎて
綿入れ襦袢を脱がせたんじゃない
底ぬけに明るいおまえの顔を見たかっただけだ

おまえがいつまでも凍えた表情をしているから
雪は溶けもせず
涙のかわりに堰を覆って流れを　止める

今日も空を仰ぐほどに
眩いばかりの陽の光がはげしく音をたてて
ひりひりと
はるかな宙天へと弾き返され
消えていく

おまえを愛しているから
雪がやんだのではない
ぼくの内なる世界をもう少し

覗き見たかっただけだ

ぼくに抱かれて　眠ったんじゃない
ぼくの愛の深さを計りたかっただけだ

季節に沿って射す陽の強さだけが
やたらと顔を照らすから
頬かむりをしたわけじゃない

齢はいってもおまえとぼくの未来が
まだ十分に残されていることを
確認したかっただけだ

昏が立春を告げたからといって
人びとがあわてて部落《むら》に帰ってくるわけじゃない
人工衛星の窓から眺めた碧い視界が
時代の遡りのように予期もなく

えたいのしれない陽気は
落ちつき憩む場所のない
真冬のあとの物語の裔《すえ》だ

――詩集『飛ぶ男』より

〈迪夫は語る〉俺が明るくなったのは、二十三歳で結婚したのかな、女房が来てからだ。女房はそれなりの家柄に生まれて、まさに百姓に嫁に行くのが当たり前だという感覚で、嫁に来てくれたからねえ。非常に大らかで明るくて、それから俺の性格、変わったな。それからだ俺の生活、前途が見えてきたのは。

結婚した昭和三十三（一九五八）年に処女詩集『生きている家』を自費出版する。本当の意味での詩人としての出発であった。以後、平成二十四（二〇一二）年に出版した最新作『飛ぶ男』まで、十六冊の詩集を世に送り出していく。そのほか、エッセイやルポルタージュ、小説の出版と、農業を営みながら、精力的に執筆活動を続けていった。

〈迪夫は語る〉元来文学が好きだったからな。基本的には好きだから書けたんだよね

迪夫とシゲ子のツーショット

祖母がガンで亡くなり、働き手が必要になっての結婚であった。今でもシゲ子は「私は働くためにもらわれて来た」と言いつつも、「若い頃、毎月、街の映画館につれていってくれた」と仲睦まじい夫婦である。

え。で、夜十時までは百姓やったり、青年団のいろんな仕事をやったり、夜十時から自分の時間だったな。書斎なんて持っていないから、枕元で書いておったけど、夜寝る前に枕元に紙と鉛筆を置いて、一日を振り返りながら、一行書いたり二行書いたり、そのうち、眠くなってしまってというような、眠くなって書けなくなると、次の日に持ち越した。そんな日常の繰り返しだったな。

俺のお袋はよ、「迪夫早く寝ろ、身体にさわるから早く寝ろ」と何度も声かけた。「あさげ起きられないから早く寝ろ」と。お袋は十一時に寝ても、三時、四時に起きたから。女房だった、次に起きるのは。俺はあんまり朝早くは起きなかったなあ。

詩を止めなかったのは、自分の意志だ、意志。精神。とにかく書くことによって自分の精神を屹立させるというかな、震い立たせたていうかな、確認していこうと思ったから。辛いという思いはなかったな。すらすら書けたから、思いのままにリアリズム作品を日常生活の中から思い起こされる作品をいくらでも書いたからね。言葉がほとばしり出てきた。言葉が思いつく。思いついたら頭の中にしまっておく。どこから言葉が出てくると言われても困るねえ。ふと、思い起こすことがあるなあ、その言葉を。例えば、一行を思い起こすと、夜まで頭の中にしまっておいて、それを書くってねえ。歌人や俳人はメモ帳を持っていって、手帳を持っていってその場で書くみたいだけどね。おれはそういうことをしなかったな。そういうものを持っていくと百姓仕事、いっちょまえにされねえもの。

〈シゲ子は語る〉　詩は夜書くんだからね。夜。夜っていったって、みんな寝てからよ、私らもちろん寝てからね。布団の中で書いているんだな。別に机なんてなかったかなあ。私は詩に興味もなかったしね。興味もないし、やっぱり生き方も違うんでないかなと、結局は。でも「暗い詩ばかり書いて、こだな」って思って、私は言ったこと、あるんだけどよ、「なんでこんな暗い詩ばかりかかなければならないんだ」って、言ったことはある。「今、ちっと明るい詩書いたらいいんでないの」って言ったことあるんだけども。だって大体、家の中が暗かったからね。まず、私などは考えられないような、普通なら「ただいま」とか「行ってきます」とか、家の中であるべした。そういうこともばあちゃんは言わないしよ、大体においてこの家の中は暗かった。お客様なの来ても、もっとも、あまり来なかってけど、お客様来ても、「はーい」なんて出て行くおばあちゃんじゃなかったからね。何で暗いかって言われても、とにかく毎日の生活の暗い感じがしたね。ばあちゃんだって苦労してね、毎日の生活してきたんだからね。当然だったと思うけど、父親がいないということでやっぱり、みんなに負担がかかって苦労があったけどもな。そういう家の中で育っているんだからって。そういう環境の中でもやっぱり、そういう風になっていくんでないべかね。

いや、よく考えてみるとね、一冊作るのに百万円もするものを、十六冊も、考えてみると随分いっぱい出たんだなって、金も出て行ったし、そのお金を無駄だとは思わなかったけど、ほで、反対もしなかったな、私はな。お父さんが仕事もしないで机さ座っているようだったらね、日中もほだなだったらやっぱりとてもさんないけども、ほだなでもないしね。そこは違うべね。日中、机座っておったら、優雅な暮らしではないんだから。で、詩集として形になったからね。本当にお父さんは詩を書くのが好きなんだからって、やっぱりこれは、何とかしてやっぱり、それがお父さんの生き甲斐だし、何とかやってきたんだなあ。だから本が残ったんだかねえ。その金を使わなかったら残らなかったんだからねえ（笑）すごいなと思ったことはないけどよ（笑）、だけどそれが成り行きっていうかな、ふたりでとにかく働いたんだ、私ばりでなくて。今思えば逆に偉かったと思うし、それをさせる私も、まあ、偉かったベネエ（笑）。

世間からは笑われてきた。笑われたべ、よく、何ぼか印税入っているんだべ、とか、世間では思うかもしんねえよ。だけど、ほだな、印税なんて、金かける一方なんだから、お父さんの場合はよ。だからよく出させるもんだべかと、よく笑われたべした。で、沢山賞をもらって、私もいろんな授賞式に連れて行ってもらったけど、格別、自慢でないとは言わんけど、でも、あの人も好きでしてるんだからねえ。自慢することもないんだけどねえ（笑）。好きでして賞をもらっているんだからよう。苦労して書いてる訳でもないべ。俺も時間けっから（やるから）書いてくれなんて言った憶えもないし。とにかく好きなことやっているんだから、私の立場として、関心持たないしよ、ほだな、持っている暇ないんだ、朝飾早く起きんなんないんだから。人より早く起きんなんないんだから。

お父さんは朝早くは起こしたって起きないんだから。だってやっぱり、ばあちゃんは早いべしね、起こされるし、どうしても起きねなんねいんだ、私。だからそんなの構ってられないのよ。

青年団・青年学級活動

木村家が戦後の農地解放で小作農から自作農になったのは戦争が終わって七年目の昭和二十七（一九五二）年、木村十七歳の時であった。わずか五反六畝（五六アール）ばかりの小規模農家で、食べていくのがやっと。それは牧野村百世帯のほとんどの農家の現実だった。

そんな中でも、村には多くの若者たちは自分たちで村の未来を切り開こうと活発な「青年団」・「青年学級」活動を繰り広げていた。

自作農となった木村も青年団に入った。定時制高校三年生の時である。当時、牧野村という小さな村だけでも四十人もの団員がいた。まさに青年団活動の黎明期であった。

上／原水爆禁止デモ
下／青年団集合写真

高度経済成長以前、村には多勢の若者の熱気があふれていた。農村青年たちは青年団や青年学級の活動を通じ知性をみがき、政治・社会問題にも目覚めていった。

木村は「青年団活動で育てられた」という。二十四歳の時、上山市連合青年団副団長となり、原水爆禁止世界大会の参加。翌年には安保反対闘争、農業基本法制定反対闘争など、以後の長年に及ぶ社会運動のスタートを切った。

〈迪夫は語る〉 俺は定時制高校に入った三年頃かな、村の青年団に入ったから。十八歳頃から青年団に入っておったし、その後、青年学級という学習組織があったからね。これは文部省認定の学習組織で、つまり家庭的な事情で中等教育を受けられない青年たちのために設けた組織で、青年学級というのは山形県が発祥の地だったらしいな。大変広がってねえ、東地区（牧野を含む旧・東村）の担当でやっておったけどもね。上山市の連合青年学級の、青年団だったかな、俺は事務局長をやっておった。青年団と青年学級と両方掛け持ちで、表裏一体で、青年団は社会的運動、青年学級は学習のための組織という訳で、表裏一体の活動をしておったからね。

その当時、終戦直後なんかは軍隊から帰った次三男なんかが沢山おったからね。この村だけで四十人、五十人の青年団の団員がおったよ。もちろん一方ではそういう人たちを含めて村おこし、村の変革を目指して、青年団運動をやった訳だけども、村の青年たちにとっては宿命的な、村に生きる手だてだったと思うな。

青年団運動では平和運動をやったり、それから演劇活動をずいぶんやったなあ。創作演劇。戦後の民主主義に世の中が変わっていく状況の中で、農村の封建的な制度を打破しようというような意図をもった演劇組織が至る所に出来ておってね。ここでも創作演劇を随分やったな。村変革のためのひとつの手だてとしてね。青年団活動は全国的に活発でね。全国青年大会なんていうのがあって、その中に演劇部門なんかもあってね、全国大会出場を目指して、頑張った訳だ。そうそう、毎晩のように練習、練習でね、夜、中学校に集まって、中学校の宿直に演劇の好きな先生がおったりしてね。そしてその先生の指導を受けながらやったな。

木村は江戸時代、牧野村で起こった農民一揆を題材にした劇「火炎百姓」のシナリオを創作し、村で上演した。

延享四（一七四七）年の春、たび重なる天候不順と不作のため米不足をきたし、まず町方衆三百余人が米問屋を襲撃、常日ごろ町民の恨みの標的になっていた町内の米問屋五軒の家宅に侵入し、散々に破壊。そのうえ十数件の豪農にも押し寄せて、米詮議をおこなった。一方、周辺の村でも、町方衆の襲撃から数日にして三千余名の農民が結集し、農民一揆は十五カ条の願状が家老山村縫之助によって取り入れられ、一揆は暴動にまでは至らなかった。一揆の首謀者五人は打ち首獄門となる。首謀者のうちの二人が牧野村の庄屋であった太郎右衛門とその息子、太吉であった。明治時代になって、牧野の村びとたちは一揆の首謀者五人の遺骨を村の神社

創作演劇「火炎百姓」

農民一揆の首謀者を祀る五巴神社

（五巴神社）のご神体として祀った。

〈シゲ子は語る〉お父さんは年中、出てばかりで、家さ居ないからねえ。昼間は働くんだけど。毎晩、出ていたから。新婚も何も無いもんだ（笑）。青年団活動とか、活動に忙しくて。青年団とか、青年学級とか。やっぱりそういう道さ走ってはったな。だって年中いねえんだから。年中出ていくんだって。でも俺も離婚してなんて、なかったしな。離婚して出て行くなんて気持ちもなかったたし。

ただ出て行っただけではないんだからな。何も無くても夜出はっていったってこと無いんだけど、娘たちの教科書に名前書いてくれたことも、学用品に名前書いてくれたことなんてことも、ないんだ。娘たちには「勉強しろ」なんても言わないし。だから家の娘も言うように、「風呂さ入れてもらったこともない」とね。今の人はねえ、父親が風呂さ入れてくれるとか、ミルクのませてくれるとか、それも父親の仕事ってか、両方の仕事になってってっけど、私らの時は母乳だべし、子どもについてまず、何も構わなかったな、おらのお父さんは。自分のことばかり忙しかったな。結果としてはな（笑）。

二十六歳の時、木村は上山市より委託され「青年学級」の専任指導員となり、以後、三十代後半まで後輩たちの指導にあたる。そこで青年たちと共に「米作りの問題点」、「構造改善事業」、「農村青年の生き方」など地域に根差した問題を活発に話しあう。

注：「青年学級」とは、高等教育を受ける機会に恵まれない農村や町の勤労青年に学校教育とは違った形で学習の機会を与えようと、一九五三年、文部省が制度化したが、もともと木村が暮らす上山市で自発的に起こった学習運動であった。村の先輩たちの学習への意欲が国を動かしたのであった。

〈迪夫は語る〉 当時、まだ、山びこ学校の風潮が、社会を見つめて記録するというような、世の中を記録するというような運動も非常に盛んであったからね。それで各地区ごとに生活記録の機関誌あったたな。山びこ学校の存在は大きかった、そういう意味ではね。だから夜を通して、詩とか生活記録なんかは、結果的には青年学級でも非常に盛んで、各集落ごとに機関誌を作ってね、それを夜な夜な鉄筆を握りながらガリ版を切って、冊子を作ったもんだ。戦争が終わって、これから民主主義の時代になって、世の中を変革されるひとつのチャンスだと。その希望が持てる時代であったたな。

村の外から

変わりゆく村

〈迪夫は語る〉だけどよ、俺の生活の中で農業基本法が出来てから、俺の生活は転々と変わったな。静岡に季節労働者としてみかん穫りに行ったり、東京に左官屋の下働きとして出稼ぎに行ったり、そしてまた、廃棄物収集の兼業をやったりと、十年ぐらい節目節目にあれだな。農業近代化、農業基本法出る前までは、ほとんど変転のなかった生活が大きく変わったな。そして俺の生活なんか、時代に流され、政治に流されながら生きてきた人生だったなという思いでいっぱいだな。

かつて、昭和三十年代中頃までは、農村には多くの若者が暮らしていた。今からは想像もできないほど、農村は活気に溢れていた。冬場の農閑期、牧野村では男たちが冬場、一日中、村の藁小屋に篭って皆で藁細工に精を出していた。村で作られる蓑は「牧野蓑」として評判が高く、遠く山形市周辺からさえも買い手が絶えなかった。木村は当時のことをエッセイでこう書いている。

むかしマギノ村は、藁細工の盛んな村であった。霙まじりの雪がちらつく今ごろの季節になると、村中の男たちは藁小屋に篭り、ひと冬中藁細工に精を出した。そして春近い雪解けの三月になると、村の公民館（むかしは集会所といった）に持ち寄り、即売品評会が催された。マギノ蓑は特に有名で、近郷近在からどっと人が押し寄せ、一日で売り切れるありさまであった。（中略）その収益金は、出稼ぎや兼業のなかった昭和の初期から三十年の中ごろまでにかけては、冬期間におけるわが村の唯一の現金収入ともなった。

もともとマギノ村は平場ゆえ、山は遠く、冬場仕事としては炭焼きやこびき（樵）仕事にたずさわる人もいるにはいたが、それよりも、藁細工に精を出す人の方が圧倒的に多かった。いわば山になじむことのできない村びとの、ささやかななりわいでもあった。

藁小屋は百戸ほどの村に、いくつも点在していた。原組、上組、中組、下組、壇彊組、笠松組と、都合七つもたっていた。小屋といっても簡単な作りで、河原から伐ってきたアカシアの丸太を柱にし、棟木もそのほかの骨組みいっさいが、大小太いのから細いのまでアカシアの樹や枝を使い、縄結びで組み立て、それを藁で囲うといった一日にわか作りの小屋なのである。

（中略）村の男たちが藁小屋に篭っている期間、女ごたちは裁縫習いにこぞって上山の町に往き来していた。乗用車などもちろんあろうはずもなく、定期バスを利用することもなく、村の女ごたちは十人、十五人と群れをなすようにして雪途を歩くのであった。往き帰りの時刻は毎日そう大きく変わるはずもなく、待機していた男たちは、女ごたちが藁小屋の前にさしかかると、〝それっ〟とばかりに街道に面した障子戸に、手にしていた藁細工を投げ捨てるようにして群がる。女ごたちもそれを十分に意識して、〝キャ〟とばかりに嬌声をはりあげながら走り去るのであった。

――『田園の大逆襲』より

昭和三十一（一九五六）年、政府はこの年の『経済白書』で「もはや戦後ではない」と記載した。高度経済成長の幕開けである。日本は工業立国を目指して邁進、都市は農村から次々に労働力を吸収していった。農村も過剰労働力としての次三男問題を抱えていた。人手不足の都市、そして過剰人口の農村。そうした社会状況下で、若者たちの集団就職が始まる。中学を卒業すると、村の次男・三男、そして娘たちは、「金の卵」ともてはやされ、県や市町村の音頭取りのもと、雪崩を打つかのように、都会へと移り住んでいく。中学校で卒業式を終えた四月、夜行の集団就職列車が連日運行、夜、駅には県職員に引率された十五歳になったばかりの若者たちが大勢夜行列車に乗り込み、窓から顔を乗り出して、ホームに溢れかえる見送りの家族と手を握り合う光景が毎年繰り返された。

集団就職列車は昭和二十九（一九五四）年四月五日、十五時三十三分青森発の上野行き臨時

夜行列車から運行が始まり、昭和五十（一九七五）年に運行終了されるまでの二十一年間、東北農村の若者たちを都市に送り続けた。就職先は東京の中小企業が多かった。東北各県から朝、上野駅に到着すると、駅には就職先の社長が待っていて、子どもたちはすぐにそれぞれの職場へと連れて行かれた。当時よく歌われた井沢八郎の「あゝ上野駅」（作詞 関口義明・作曲 荒井英一）という歌がある。

どこの故郷に香をのせて
入る列車のなつかしさ
上野は僕らの心の駅だ
くじけちゃならない人生が
あの日ここからはじまった

（中略）

ホームの時計をみつめていたら
母の笑顔になって来た
上野は僕らの心の駅だ
お店の仕事は辛いけど
胸にゃでっかい夢がある

集団就職

（ＪＡＳＲＡＣ出一五一一三一〇‐五〇一）

一方、村に残された長男たちは複雑な想いを抱えていた。そんな気持ちを木村は都会へと去っていく若者たちへの想いを、失恋の詩に託して綴った。

行方

黒い穂波が　奥羽山脈のかすかな稜線を越えていった夜

油ぎった炎のあとのいぶしみと
濡れた畔の荒い茂みの中で
彼女は僕の唇に吸いついた
日ごと焼けただれた襤褸《ぼろ》のえりすじから
ずり落ちる乳房をかゝえて
彼女は僕の唾が苦いと　言った
僕も彼女の唾が苦く感じられた

〈おら一生ここでくらすの　やだ〉
やがて
豊年太鼓が山の里にも　響きはじめた晩
彼女は去って　行った

今頃〈ヨコハマ〉という港のある街で
アメリカさんのくれた小さなドルに
僕の唾をなすりつけているかも　知れない
それとも
〈キリウ〉という田舎町の工場で
毒気を含んだ一本の生糸で
首を括って死んでしまったのかも知れない

僕は　今晩
彼女と別れた丘にのぼって
彼女の匂いをさがしてみようと思う

——詩集『何かがかけている』より

村の農業も激変していった。昭和三十六（一九六一）年、農業の憲法とも呼ばれた農業基本法が制定された。大型農業機械の導入や規模拡大による農業の近代化が計られたのである。木村は「近代化農業」のうさん臭さを感じながらも、一方で、うなずかざるを得ない気持ちもあった。三本鍬で一株一株田んぼを起こし、赤毛の牛にムチ打ちながら、起耕する重労働からすれば、何をおいてもこの重労働から遁れることが夢であったし、田んぼも畑も小規模面積では作業効率が上がらないことは誰もが解っていた。

あっという間に村に耕耘機が普及した。それは農業の近代化どころか、革命的な変化であった。農作業は驚異的にはかどった。しかし、作業効率が飛躍的に高まったこととは裏腹に、忙しさは増していった。エンジン音がハンドルを握る手から響きとなって身体につたわり、騒音でもの思いをする余地はまるでなくなった。耕耘機は人間の呼吸やペースなどまったくお構いなしにひたすら轟音をとどろかせながら駆け続ける。まるで自分が追い立てられるような日常。いつの間にか、村から赤毛や黒毛の役牛の姿が消えていった。あんなに沢山いた牛たちはどこへ行ったのだろうか？

木村は失われたものへの哀歌を詩集『喪牛記』で綴った。

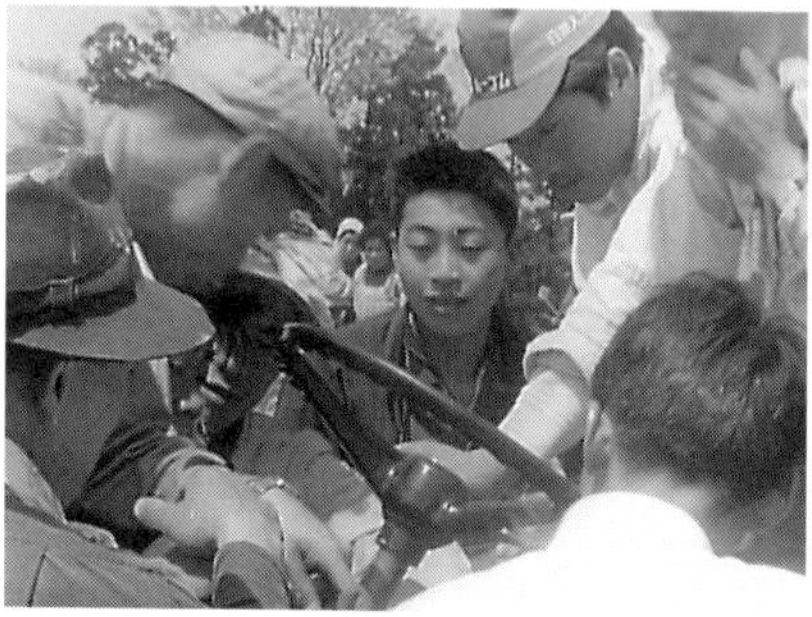

上／腰を曲げての田植え
中／耕耘機に眼を輝かせる若者たち
下右／牛耕－牛を操るのも技が必要だった
下左／家の中にある牛舎

喪牛記

Ⅰ

夢の中で
還って来た牛を見た
鼻環は無く
繋がれたロープの先端を何処に残して来たのか
裂けた鼻郭の黒褐色の肉の連なりと
血の滴り
滴りあとの痛苦の身振り
啼く声さえ憚るごとく
暗がりの厩舎《まや》の前に佇つ
濡れ澱むかすかな吐息の深さに
生きものの気配を覚えたのは
妻ばかりではない

眠れぬ田植どきの
腰痛を手で庇いながら部屋をぬけると
視えない地面に
垂れ下がった鼻端をすりつけ
充たされようもない空腹の果てに
土を噛む躰軀が
幽かに夜目に　映る

Ⅱ

湿った大地の一隅で
這うごとく生きて
三十年
お袋が二十年
亡くなった親父と相携えた年月を入れて
二十五年
小百姓の鑑のごとく生きた祖父が

遥かな大陸から親父の還りを待ちきれず頓死した齢が　五十六
多分祖父が建てたであろう
杉皮葺き
板張りの
掘建小舎の　全貌
庭を隔てた彼方から
夜毎啼き声が漏れ
健気さを伝えてくれた
傍に立つ巨木の桑樹の確かさも
今は枯れはて
この家《や》　三代の
歴史の刻む年月の終り

Ⅲ

春
褐牛は野に放たれた

と言っても
鼻環を通じた手綱の長さは
牛と俺との間に
放たれようもない盟約となって
犂を牽く躰軀の褐毛は汗に濡れ
眼の縁に群がる銀蝿の執拗な攻撃に手を焼く掌は
血の海となり
畝りの土塊に滴る
ときには
田面軌跡を外して
緑濃い彼方の叢へと
突進する
〈こ奴〉
人間《ひと》の貌をみて仕事の加減をする
小利口な牛も何代か続いた
多分お袋などは
舐められどおしだったかも知れない

笠の下から優しい農婦の貌を
覗き知ったとて不思議ではあるまい
雌牛が農婦に惚れたところで寓話にもならず
ひとえに労働の酷しさからの解放を夢みたのは
俺たち親子ばかりではなかった

Ⅳ

農業基本法
幻の神話が村を包覆した　ひと昔
小型耕耘機が軒下に銀光色の煌きを連ね
萱葺きを睥睨したとき
牛は村を遁れねばならなかった
労働からの解放とひき替えに牛の群れは
何処へか放たれ
行く末さえ識る者はいない
村が

白色　黒色斑らのホルスタインを
迎えたのも　この時代
一台の耕耘機と一頭のホルスタインで
村の近代化の夢に酔う
掘建小屋の残景に訣別
三頭だての
牛舎を築いたのも今は懐旧の想い
〈北海道の経営を見て来い〉
多頭化酪農こそ日本農業の未来図よと
吹聴した
農業高校
改良普及所
獣医師
先生と名づけられた群れ人よ
吾が村の裔たちに
今は何を教えるのか

V

夢の中で
濡れた夜露の躰軀を
妻と二人で抱きながら
厩舎に牽いた
首を振る度ごとに
裂けた鼻郭の奥から滴る
血糊が俺の足を濡らす
藁を三つ切り
コンクリートの上に敷き詰め
妻は
身内の帰りを喜ぶ
裸電球が
横たわる巨体の影を映して
騒ぐ

翌朝
遅い醒めで
厩舎に走ると
牛の姿は喪く
裸電球の薄い煌めきだけが
還らない主の面影を遺して
往来する

——詩集『喪牛記』より

〈迪夫は語る〉元々よ、近代化以前は牛は家族同様だった訳よね。しかも寝る場所も牛舎なんていうのは座敷があって、土間があって、土間を挟んで、牛舎はそっちにある訳だ。だから夜寝ていても、牛の一挙手一投足が見える訳だ。そういう状況というのが多かったのよね。家族同様の扱いだったわけだ、ね。それが、耕耘機が入ることによって、牛がいらなくなった訳だ。牛をみんな手放して、乳牛を買った訳よ。だから牛は結果的には村から追放されて、役牛、一匹もいなくなった訳だ。代わりに乳牛入って、この村でも七十頭くらいおったんじゃないかな。そのくらい、乳牛、ホルスタインが盛んになった訳だね。そういう状況で役牛というのは、以前は家族同様で生活をしてきたんだけれども、近代化によって村から追放されたと、その想いを牛の思いに託して書いたつもりだ。

例えば、牛耕かけてる、牛で犂を引く訳だ。そうするとよ、疲れてくるとそのまま離してよ、田んぼの中に寝転がって大空を眺めておったりしたからね。うとうと、大空を眺めていると、色々な想念が湧いてくる訳だね。昼、透き通るような大空を眺めているとね。自分の将来を考えてみたり、あるいは恋人のことを考えてみたり、そうするとよ、つい牛が何をやっているか気がつかないでいる訳。牛はどんどんどんどん草を食みながら遊んでいる訳だ。それでもそういう時間があった訳よね。精神的なゆとりがあった訳。それは田園風景として非常にロマンチックなんだけども、そういう状況も間違いなくあったたな。それはいい思い出だな。近代化以降はそういう精神的な余裕はなくなってしまったからね。

出稼ぎ

失われたのは牛ばかりでなかった。村から男たちの姿が消えていった。冬場の半年間、東京などへ出稼ぎに行くようになったのだ。瞬く間に「藁作りの村」は「出稼ぎの村」に変わった。木村も農業基本法が制定された翌年の昭和三十七（一九六二）年から、出稼ぎを始めた。

〈迪夫は語る〉村に居ざるを得なかった無念さがあるからこそ尚、他所《よそ》を見てみたいと、生涯、俺はこの村で一生を終えなければならないとするならば、他所の社会を見る、勉強するチャンスが訪れないであろうと。そういうことがあって、例えば、出稼ぎなんかは、出稼ぎは経済的理由で行っているんだけども、一方では他所の社会を見てみたいという願望もあったな。それは俺だけじゃないと思うな。うん。

で、出稼ぎに行ったきっかけというのは、最初、六十年安保、六十年安保で樺美智子さんが犠牲になった訳だけども、農業基本法が出来たのが昭和三十六年だからね。その年から季節労務者として静岡県にみかんもぎにいったな、最初の年は、ひと冬、うん。ひと冬でない、十二月いっぱい、正月までだったかな。みかんもぎにいって翌年から今度は十一月から四月まで東京近辺の出稼ぎを始めた。特に昭和三十九年には東京オリンピックが開催された訳でありますけど、オリンピックブームでね。土木建設業、非常に盛んだったから。首都圏では尚のこと。地方の建設業者、あるいはいろんな職人なんかもこぞって仕事を求めて東京へ行った訳だ。俺もそれに追従して東京へ出稼ぎに行った訳だけどもね。

村の人たちもいろんな現場におったし、同じ村の人ばかりでなくて、例えば俺は左官屋の下働きがずっと長かったから、大工が秋田であったり、ね、左官屋が山形で

上／出稼ぎに行く男たち
下／飯場

建設現場で働く出稼ぎ者たちは、工事用型枠で造った粗末な建物で１年の半分を過ごした。

あったり、鳶がどこであったりと、各県の、言ってみれば、東北農村の集合体みたいなものだった。

そのほかに東京在住の人なんかは、職安（今のハローワーク）から前に派遣されてくる、四、五人の、言ってみれば、その飯場を取り仕切る人たちがいるぐらいのもんでよ、大半が出稼ぎ労働者だったな。そういう人たちの手によってビルが建ったり、高速道路が作られてきた現実があったね。戦後、日本の近代化の状況というのは、まさに東北農村の若い働き手を強制的に首都圏に集約していったという状況があって、日本の近代化はなし得たと言えるんじゃないかな。政治的に言えば、国策として東北農民の低賃金の労働者を、若手の労働者を全部吸収していった状況がある訳だけども、それに乗っかったこちら側にすれば、都会を見てみたいというような一面もあったからね。興味もあったから。両面あったんじゃないかな。

でも特に東京で見てやったという感動はなかったな。見てみればたいしたことないなあという、もちろんよ、東京、出稼ぎに行けば、出稼ぎ専門に生活している人は、夜、花街へ遊びに行ったり、パチンコに行ったりする、俺はそういう遊びは一切しなかったから。出稼ぎに行ってまじめに過ごしたからな、そして、夜なんかは文章書いたり、詩を書いたりしておったからね。飯場生活だから、共同生活の中では書けないからよ、下の土間の食堂に行って、食堂といったって、あれだよ、パネルに足をつけただけのテーブルで、その上で書いておったな。冬の出稼ぎだからよ、みんな、コタツで雑魚寝な訳だ。ひとつのコタツがあって、ずーっと、放射線状に雑魚寝している訳だからよ、書けるなんていう環境ではない訳だから。そうすると離れて、二階が居間だったから、居間というかな、飯場だったから、飯場っていうのは、飯食う場って書く訳だから、下が土間の食堂だったから、食堂に行って、そこで書いたな。

大地

大地が
これ程居心地が良いと思ったことは
ついぞない
午前十時
氷点下いっぱい　吸いつけられるように
アングルの山に腰をおろし
煙草に火をつける
クレーンにひき吊られた大地が
脳天めがけて墜ちてくる

墜ちてくる
次第に重心を保ち静止する懊悩
ここが
そこだと思うと
さっきまでの泣きたい想いがやがて消え失せ
煙草に　火がつく

昔
大八車を引いていた親父が
大八車の上で往生したように
タワーの上などでは死にたくないと
一人念じながら
再び　ヘルメットの緒を喉元までしめあげ
登りはじめる
ここでは
青田を眺める代わりに
林立するタワーの数や

積み重ねられていくコンクリートの屋根の上から
あそこが上野の駅だと指さし
遠く　東北行きの列車の汽煙を
眺めねばならない
正月には
土産をどっさり買ってきてやるぞと
出がけに
元気な笑をふりまいては来たが
それもここでは　どの面も
己れの生を確かめることで　精いっぱい

生きてやるぞと
今日も生きてやるぞと
おふくろのくれた
南無八幡大菩薩の守り札を懐の中に確かめ
大きく一息
尖天めざして登りはじめる

――詩集『何かがかけている』より

〈迪夫は語る〉 左官屋っていうのはビルの屋上で仕事をする、或いは、足場の上でする仕事が多い訳だからよ、足元が非常に不安定でよ、俺なんか高所恐怖症でよ、もともとよ、あんまり高い所、苦手だったのよ。だから高い所、年中仕事をしていると、地べたに降りた時は、ほっとする訳よね。ああ、生きているんだという実感が湧く。大地の上にぴたっと降りて来た時ね。その思いを書いたんだ。恐怖感あった。恐怖感なんか常にあったな。で、仕事が終わると、飯場での雑魚寝だ。飯場って言ってもね、今の飯場って言うとよ、プレハブ住宅でがっちりしたもんだけど、我々が行った昭和三十年代なんてよ、工事現場で剥がしたやつ（ベニヤ板）をよ、カタカタと組み立ててよ、一日くらいで飯場、作る訳だから。すきま風は吹いてくる、雪は吹いてくるという状況だった。

夜、コタツに入るとよ、皆、個々の世界に浸ってよ、あんまり沈黙だったな、沈黙の世界だった。寂しいもんだった。黙ーって。皆、やっぱり故郷を思い、家族を思って寝てるんだろうな。若いのなんか、手紙を書いて、「木村さん、恋という字はどういう風に書くんだか教えてくれ」とか聞いたりよ、左官屋っていうか、職人は高校行かないで、殆ど中学卒業で弟子入りしている訳だからね。だから中等教育受けていない訳だ。字が多少、解らなかったりすると、俺なんか、「恋という字はこう書いて、こう書いて」と教えたり、「ああそうか」なんて布団に潜りながら、若い衆なんか恋人に手紙を書いておったりっていうのよくあったな。

雪

田舎で逢わない雪が
東京に来て降っていて
重い霙混じりの雪が
降り
しきる

仰向けになると
布団の中から覗ける棟間から
吹きつける風に煽られて
涙のように
顔をつたって

雪が
降る

〈今日は仕事にならないな〉
コウジが炬燵のむこうでつぶやくと
〈休むベハ――〉
ヒサオが頭を上げて
相槌をうつ
皆んな僕より若いやつら
ずっと
ずっと若いやつら

だから
パチンコ
ボウリング
テレビ
ポルノ写真

マスターベーション
休みが来ると
みんな一緒くたにやってしまわないと
眠れない
だから
思いがけない東京の雪は
なおさら
いい

みんな一緒くたに終わってしまった時
仕事の日よりも疲れて
動けなくなるが
僕がぼくである
自分を摑んだかけがえのない日なのだから
虚しさだけが雪の冷たさに似て
何時までも消えないけれど
誰れも

寂しいとは
言わない
だから雪の日はいい
東京の雪は
なおさら
いい

パチンコも
ボウリングも
テレビも
ポルノ写真も
マスターベーションも
建設現場も
僕らの寝ている飯場も
ビル街も
雪に埋もれて
凍結してしまえば

もっと
いい

――詩集『詩信・村の幻へ』より

〈シゲ子は語る〉　一年の半分、お父さんがいないのは、寂しくないって言ったらもちろん、嘘かもしれないけど、周りもやっぱりそういう状態でいるからね。お父さんいないことで姑がどうのこうのっていうことはもちろん無かったけども、私だってやっぱり、町工場さ、冬季間の仕事で出ていくから。（子どもらが）学校さ出る前に自分が出なんねこともあるし、今日、学校さ持たせてやらなかったって、迎えに来た車に乗ってから思い出したりすることが、やっぱり大変なことだなあってつくづく思ったな。

秋、農作業をはやく終わらないと、なかなか取ってけないのよね、冬季間の仕事もね。だからなるべく早く出ていかねんかな。鋳物工場も行ったし、それから耕地整理もしたしね。あの、ここばりでなくて、上山市の近くのね。耕地整理。だから本当に冬場の土方稼ぎだね。耕地整理って田んぼのよ。雪があってもするの。何人か車さ乗せてもらって行った訳ね。男の人もよ。田んぼの畔起こしとか、ほら、畔作りとか、雪が降っていても、だって冬の仕事だもん、耕地整理は。冬の仕事だから確かに、でも、この辺の人はみんな土方稼ぎしたんだ、私ぐらいの年齢の人は。それしか働く場しか無いったらな。

出稼ぎ行ったからって、楽になるなんてもんでもないし。やんだって思ったって、やっぱり生活かかっているし、皆の力っていうのはやっぱり、自分だけならとてもうがんないけど、皆の力で生きてきたみたいな所、あるんではないかな。みんな行ったのよ。ほーだな、やっぱりよ、それが当たり前だと思っているから、ほだいね、生活の足しが大事なんだからね。稼いで来たからって、あの、土方稼ぎ行ったからって、小遣いよけいにもらうなんてことないもんな。そこが嫁なんでね。夏は百姓仕事あるんだからって会社勤めも出来ないし、それで会社勤めたって人は、本当に小農の人から始まったもんな。本当の小農の人から。会社勤めっていっても、ちゃっこい請負会社の社員だね。だんだん世の中変わってきてから、スーパーさ行ったりしたけどな。スーパーとか会社とか入ったりしたけんどもね。

魔の季節

冬が怖いと婦たちは　哭く
枯れ葉を集めて

煙草の培養土を積むと
雪が
降る

冬が怖いと婦たちは　哭く
枯れ葉のように
降りしきる雪が部落《むら》を包むと
男たちは
帰って　来ない

老婆は暗がりの土間で
歳月の無い軍歌の憶い出に狂い
婦は
板戸の陰から
幻の旗の波かき分け
言葉の無い別れの契りを求めて
走る

愛に飢えた雪女が
子を捜して泣くという
吹雪の　夜
異国の街に
子らは手紙を書く
　村は
　　きのうも　雪
　　きょうも　雪
宿題捨てて
作文を書く

弾に撃たれたか
餓死したか
還って来ない息子の形見が欲しいと
盲らの
老婆が

地の中の異国目指して
行脚をつづけても
テレビに載らない

この国に
今年も冬が来る

――詩集『喪牛記』より

〈迪夫は語る〉俺の思いを村の残された女たちの思いに託して書いた訳だ。あの頃、草野比佐男（福島県の農民詩人）が『村の女は眠れない』という詩集出した頃とほぼ同じ頃なのかな。俺はずっと、足を洗いたい、今の生活から足を洗いたいと常に思っておったから。俺はもともと百姓なんだと、ね、土方人夫じゃないんだと、左官屋じゃないんだと、いつかこの世界から足を洗って、本来の百姓に戻ってやるっていう思いがずっとあったからな。出稼ぎなんかは特にそうな訳だ。俺の小学校三年の娘が手紙をくれて、「おとうさん、あんまり高い所に登らないでね」とかね、「風邪を引かないで働いて下さい」と、手紙をよ、布団の中で読みながらよ、しゅーんとしておったな。

上／20代のシゲ子
中／冬の耕地整理で働く女たち
下／飯場でたばこを吸う迪夫

東京だより（抜粋）

パチンコに飽き　花札に飽き　煌びやかなテレビの喧騒にも虚しさを覚えた時
ふとぼくらは人間にたちかえる
〈飯場には青春がない〉と　隣の若い仲間は布団の中でつぶやく
そんな時慣れぬ手付きで　手紙を書く
手紙が来れば　ぼくらはそれをラブレターと呼ぶ

お父さん
おてがみありがとう
ねえちゃんが二十六日　かんそう文コンクールに
にゅうせんしました
お父さん
はやく帰って来て下さい
わたしは　お父さんといっしょに
べんきょうしたいのです

かぜをひかないで
あまり高いところに　のぼらないで
気をつけて
　はたらいて下さい

小さい方の子供がくれたラブレターを　何度も読み返しながらぼくもまた
眠れぬ長い夜を　眠る

——詩集『詩信・村の幻へ』より

〈迪夫は語る〉　二十七歳で出稼ぎを始めて、十年近く経ったっけな。だからその作文を読んで、ああ、俺は金以上に失ってことが大きいということを、つくづく実感して、やっぱり家に帰ろうと、出稼ぎをやめようと思った訳だ。それと並行して、ちょうどチャンスがあった訳でね。その後、廃棄物収集業をやった訳だけれども、上山市ではそれまで直接的に市の職員がゴミ収集やっておったのを、民間に委託しようというような風潮があって、帰って、その年の春あたりに民間委託の話が出たからな、ちょうどタイミングが良かった訳よ。

村で生きる

「ゴミ屋」開業〈廃棄物収集車「人民服務号」〉

二十七歳から三十七歳まで続けた出稼ぎに終止符を打った木村だが、農業だけでは食べていけない。そこで始めたのが廃棄物収集業、いわゆる「ゴミ屋」であった。最初は妻と十年間一緒に出稼ぎに行っていた村の友人と三人でのスタートだった。いつか専業農家として農業だけで暮らしていくことを目標に生きてきた木村は、この時、「ついに兼業農家になったか」と、辛い気持ちを抱きながらのスタートであった。

〈迪夫は語る〉ゴミ収集が市の職員から民間委託になるとの話を聞いて、それに応募した訳よね。あのとき五人応募して二人取ったのかな。ひとつは条件としては、一日の仕事が八時から五時までと時間帯に区切られたものでなくて、八時に始まって、三時、四時に終わっても、請負みたいな仕事だったから、家に帰ってから農作業もやれるという条件もあったからね。それで始めた訳なんだけども、何といっても、これはそういう点で、農業そのものには依然として、自立できない状況だったからね。それでプラスアルファーとして収入をそれで得ると、一方では百姓もやれるというふうな状況もあってね、それで始めた訳なんだけども、やあ、それも反対もあったなあ。

色々な所から反対もあって、村の中では反対というよりも驚いたもんな、村の中では。迪夫さんがゴミ屋やるんだと、村の中でもゴミ屋というのは、朝鮮の人たちとか中国の人たちがやる、差別的な仕事という認識があったからねえ。だから迪夫さんがゴミ屋始めたんだとかで、大変な驚きで、村中が驚いたな。俺の中には、もうひとつには娘たちにそのことを聞いた。娘たちが「お父さん、そんなこと止めてくれ」ということであれば、やらなかっただろうな。でも娘たちは二人とも「お父さんは私たちに、仕事に上下はないと、卑しい仕事も尊い仕事も差別はないと教えてくれたんじゃないか。やっても差し支えないよ」と二人とも言ったからな。俺はそれでひと安心した訳だ。

〈シゲ子は語る〉 出稼ぎしないで家の中で二人で働くっていうのは、でも、良かったと思ってるね。子どももやっぱり、やんだって二人とも言わなかったからね、ゴミ屋してね、うん。ゴミ屋してやだと二人とも言わなかったし、それがお父さんの一番の救いでねべか。世間の人に何言われてもね。

本家の爺さんなんかは「迪夫は馬鹿なんだか、利口なんだか分からない」と。「ほだな、ゴミ屋などすると婿来る人もいない」と言った人もいるし、で、ここの村の女の人、私よりも五つも六つも先輩の人だけんども、「迪夫さんがゴミ屋するなんてかわいそうになぁ」って私には言ったっけ。そん時は私は何も言わなかったけんど、確かに当時はゴミ屋っていぅのは世間の眼では最低のね、ゴミなんだから。今みたいなパッカー車でもないし、平ダンプ、扉立てて高いダンプ車だけども、それさ、下からポンポンと投げてやらなければなんねえのね。積むには投げるより他はない高さだったしよ、だからほだな高い所の上さ上がって、下から上げたのを手直しして、踏んづけていっぱい積んでいったのよ。だから、ほいつ、甥っ子が見て、「おばちゃん、可哀相だな」って見て言う訳よ。重労働だ。だから腕なんか太くなったね。上げてやらねなんねからって。

畑仕事は朝早くからと、ゴミ屋から帰ってきてからね。朝餉とかね。だから、まず、若いっていうやつで、良くしたもんだなって、乳牛も飼っていたしよ、乳牛も飼ったし、まだ、清掃業始めても、蚕の桑もまだ植えてたしね。

木村はゴミ収集車を「人民服務号」と名づけ、収集車にその文字を大きく書いて町中を走った。木村はその廃棄物収集業での体験を、一九七六年、『ゴミ屋の記』というルポルタージュとして発表した。その中で木村はこう書いて、世に問うた。

車の名前を『人民服務号』とした。

「人民のために奉仕する車」という意味である。正式には「為人民服務」と書くのであるが、これでは市民が理解しにくいと思ったので、「為」を削ってしまった。

隣の山形市には「べにばな」とか「こまくさ」などという清掃車が走っているのをよく見かけたが、汚いとされるゴミを、花の名前でおし隠そうとする気持ちも分からないではないが、人間の錯覚と幻想とは、花の名前ぐらいでは、いっこうに誘発されるはずもない。美しさなどはみじんも発見できず、欺瞞に満ちた市民たちの思想を載せて走る様が、わたしにはありありと見えた。

わたしは、汚いものは汚いものとして直截的に、現出し、それを汚くないものに変えて行く基本的な姿勢がないかぎり、ゴミはいつまでたってもきれいにならないと思った。

わたしにとってゴミ屋は、金儲けもさることながら、市民運動の起点でもある。傲慢といわれてもいい、そのことなしにはこの仕事は、わたしにとって何の意味も存在し得ない。

――『ゴミ屋の記』より

〈迪夫は語る〉村の人たちは驚きの眼をもって見たし、思った以上、状況が大変だったな。警察官が追いかけてきたりよ、いや、人民服務号なんて書いてあるんだから、

お買上げの本

■ ご購入いただいた書店（　　　書店）

●本書についてご感想など

●今後の出版物についてのご希望など

この本をお求めの動機	広告を見て（紙・誌名）	書店で見て	書評を見て（紙・誌名）	出版ダイジェストを見て	知人・先生のすすめで	図書館で見て

◇ 新規注文書 ◇　郵送ご希望の場合、送料をご負担いただきます。

購入希望の図書がありましたら、下記へご記入下さい。お支払いは郵便振替でお願いします。

(書名)	(定価) ¥	(部数) 部
(書名)	(定価) ¥	(部数) 部

郵便はがき

おそれいります
が切手をはって
お出し下さい

1078668

(受取人)
東京都港区
赤坂郵便局
私書箱第十五号

農文協
読者カード係 行
http://www.ruralnet.or.jp/

◎ このカードは当会の今後の刊行計画及び、新刊等の案内に役だたせていただきたいと思います。　　はじめての方は○印を（　）

ご住所 （〒　　－　　） TEL： FAX：	
お名前　　男・女　　歳	
E-mail：	
ご職業　公務員・会社員・自営業・自由業・主婦・農漁業・教職員（大学・短大・高校・中学・小学・他）研究生・学生・団体職員・その他（　）	
お勤め先・学校名	日頃ご覧の新聞・雑誌名

※この葉書にお書きいただいた個人情報は、新刊案内や見本誌送付、ご注文品の配送、確認等の連絡のために使用し、その目的以外での利用はいたしません。

● ご感想をインターネット等で紹介させていただく場合がございます。ご了承下さい。
● 送料無料・農文協以外の書籍も注文できる会員制通販書店「田舎の本屋さん」入会募集中！
案内進呈します。　希望□

■毎月抽選で10名様に見本誌を1冊進呈■（ご希望の雑誌名ひとつに○を）

①現代農業　②季刊 地 域　③うかたま　④のらのら

お客様コード

O14.07

上／出稼ぎをやめてからの一家の集合写真
中／ゴミ収集の迪夫
下／人民服務号

左翼だと思って、そして警察官、追いかけて来たり、保守系の市会議員が自転車で追いかけて来たりなんてのは普通だったな。人民服務号を走らせた次の日から、脅迫めいた嫌がらせの電話とか、苦情が殺到したな。

　でも、俺にはひとつ、思い入れというかな、思想みたいなものがあったから、たじろがなかったな。例えば、当時なんかよ、コメなんかよ、黒ずんだコメを袋のまま捨てるなんて当たり前だったから。それからスーパーで買ってきた着物をサイズが合わないということでそのまま捨てるのをよ、当たり前の状況だったからね。もっと物を大切にしろと、世の中が高度経済成長の波に乗って、物を疎かにすると、逆に言えば、物を大切にしないという風潮が、それを直していかなければならないんだと、そのことを中国で学んだという思いがあってね。つまりゴミ屋を始めた年（一九七二）に、日本農村活動家訪中団員として文化大革命中の中国に行って、俺は中国は見習うべき国だなと思ったな。

『ゴミ屋の記』

　物を大切にし、資源を大切にし、人を敬い、人民を敬うという精神はよ、毛沢東思想としては最高のものだと思った。だから毛沢東思想は未だに信奉するな。毛沢東は色々な意味で晩年は間違いを起こしたかもしれないけれども、毛沢東思想というものは俺の中で永遠に消えないな。中国はあの頃、発展途上国以前の中国だったからね。ぼろぼろになった布切れを洗濯してずーっと、街角に干してあった訳だ、村の中に、庭先に。町の裏角に干してあった訳だからね。物を大切にする国だと思った、あの頃の中国はな。それで人民のために奉仕する、政治はそうあらねばならないという意味でつけた訳よ。人民のために奉仕する、これが政治家の、政治の基本だと、こう、考えたから。毛沢東思想にも通じるんだという、なんて言うかな、心情的な想いがあって、それで俺は日本に帰ってくるとすぐにゴミ収集を始めた訳だけれども、その車に人民服務号と書いて、政治というのは人民のために奉仕するということを車に書いて町の中を走ったけどね。そんな訳で始めた訳だから、最初は町中の人が変な眼で見ていたけど、俺はびくともしなかったな。

木村は『ゴミ屋の記』で消費文化に毒された一般市民の心の荒廃を鋭く批判、「農」の視座から警鐘を鳴らした。

消費文化に毒されて

ミニスカートがロングスカートになり、ジーパンがパンタロンになるのはあくまで資本の論理であって、本来こちら側の論理からすれば、健全に五体を保持してくれればいいわけで、その上丈夫で長持ちすれば最上なのだが、それでは資本主義国家日本の将来が成り立たないとでもいうのであろうか。「これでもか、これならどうだ」——資本というヤツは手を変え品を変えて攻めてくる。その標的は女たちである。

むろん捨てられるゴミの中の衣類には、男物もあるにはあるのだが、絶対量は婦人物である。その中のどれ一つを手にしても衣としての使命を果たし終えたものはほとんどない。むしろこれからと思わずにはおれない衣類が大部分なのに驚いた。それでも、一度は着こなし、使いこなしたとする形跡があれば少しは救われるが、たった一度たりともその行為すら見定めることのできない、夏物の服や手袋などが出てくる。「買ってはみたものの気にくわない」というのであろうか。

女物の上着類となるとなおのことである。人の手によって作り出された流行が、いかに人の家庭とその経済を揺り動かすものか、思い知らされた気がする。「元祖女性は太陽であった」この言葉は、女性解放運動の担い手、平塚らいてう女史の言葉である。その意味からすれば、古代から近代までを通して、女性の力を評価し得ないでどうして日本民族の発展を語り得ようかと、わたし自身もまたそう思わずにはいられない、が、しかし現代はいささか違う。（中略）想い起せば、わたしの母もまさしく女であり、祖母も女であり、そのまた祖母も女であったことについて疑う余地は何処にもない。しかし、彼女らは文化の享受者である以上に、文化の創造者であった。耕す者の手を持っていた。その手を持って長い年月活きることに精進してきた。耕すことの苦しみと喜びを知り得た者こそ、初めて天は安らぎの時を与えてしかるべきはずなのだが――。

捨てることに疑いの眼を持たない心は、耕すことの苦しみと喜びをついぞ知らない者の心である。

――『ゴミ屋の記』より

〈迪夫は語る〉　いやあ、この状態が進んで行けば、日本は滅びるぞと思ったな、滅びると。もっと先を見通してちゃんとした堅実な歩みをしていかないと、日本という国は経済的に滅びると思ったな。経済界ではそういう浪費をすることで発展するんだということだったけどね、俺は滅びるなと思った。

社会的という意味では、例えば小学校に、上山小学校に収集に行くと、生徒たちが

上／万里の長城での迪夫
下／中国の子どもたち

昭和 47（1972）年、迪夫は日本農村活動家訪中団員として文革期の中国を招待訪問、以来慰霊巡拝などで５回、中国を訪れる。

窓際に授業中にも関わらず、窓際に寄ってきてよ、そして、「ゴミ屋臭い、あっちいけ、あっちいけ」なんてよ、それ当たり前だったな。俺はすぐさま、教育委員会に申し入れして、あそこの学校ではこう言われたと、あそこの学校には明日から二度と収集しませんから、なんてよ、抗議申し込む訳だ。そうすると生徒は翌日から、今度はよ、窓側にざーっと寄ってきてよ、教師から教えられたんだろうな、「ゴミ屋さんどうもありがとう」と一斉に言う訳よ。漫画みたいなもんだったな。そんな事件があったりな。だから町中でも子どもらなんか、道路から寄ってきて「ゴミ屋これ持って行け、持って行け」なんて普通だった。腹立つね。中にはゴミ屋さん大変だからって、アイスキャンデーを買ってくれる人もおったしよ。そうすると、俺の女房なんかよ、車の影で食べていた。恥ずかしくて。俺は恥ずかしくなかったな。俺は最初から自分の頭の中で考えてやった行動だから、まさによ。だから恥ずかしいという思いはなかった。

「人民服務号」と車の横っ腹に書いて走ったのは十年くらいだったかな。「人民服務号」の名前を止める時よ、もうここまで来たんだから、止めても市民に浸透したなと、このゴミ屋の車の存在というのは認識したなと思ったんでよ、止めた訳よ。止めた時、女房泣いたな。せっかくこれまで苦労して市民に定着したにも関わらず、なぜお父さんは止めるんだ、と、こう言ったな。これからは後ろ指さされなくて堂々とやっていけるんでないかと。俺は市民に浸透したから止めてもいいと思って止めたのよ。そしたら、女房泣いた。

減反（コメを作るな）

戦後、日本人は食糧難で飢えに苦しんでいた。政府は様々な政策を打ち出し、米の増産を推進し、農家も意欲的に米の増産に励んだ。日本中の村で、山林や荒地を開墾して田んぼを増やし、また、知恵を絞って収量を増やす努力を重ねていた。戦争が終わってから四半世紀は農家が米作りに希望を抱くことのできる時代であった。増産によって都市住民も飢えの苦しみから解放されていく。

しかし、暮らしが豊かになるに従って、米は余り始める。政府は昭和四十五（一九七〇）年、それまでの米の増産政策から百八十度反対の政策を打ち出す。「コメをつくるな」、減反政策である。

実は減反が始まる三年前の昭和四十二年、米の生産量はすでにピークを迎え、食の洋風化も進み、米不足の時代から米余りの時代へと大きく変貌していた。食の洋風化の背景にはアメリカの世界戦略の存在が大きかった。戦後の食糧難の時代、アメリカが自国で余っている小麦を日本に援助した。そのことで日本人の命が救われたことは事実だが、アメリカは援助小麦を学校給食に使うように仕向け、子どもたちはパン食に慣れ親しんでいった。まさに食を通して将来の世代をアメリカの世界食糧戦略に組み込んでいったのである。

一方、日本では、昭和十七（一九四二）年に始まった食糧管理制度（以下、食管制度）により米は政府が全量、買い取っていた。生産者である農家から高い値段で米を買い取り、消費者にはそれよりも安く販売する、いわば「逆ザヤ」であった。食管制度は、太平洋戦争勃発の翌年、戦時経済統制の一環として、強制出荷や配給制度を柱に施行された。主食である米を市場原理に任せず、安定した価格で国民に供給するため、価格や流通を国が管理する制度であった（戦後も平成七〈一九九五〉年に廃止になるまで存続した）。

しかし、高度経済成長期に入り、米の消費量が減り始め、政府は大量の在庫を抱えるようになっていく。当時、財政赤字の元凶といわれたコメ、国鉄、健康保険の頭文字・Kを取って、「3K赤字」の解消が叫ばれていた。このまま余剰米が増え続ければ食管制度が崩れる、国は何としても食管制度を維持したい、と、減反を実施したのである。

ところで、すでに米の生産量がピークを迎え、米余りの時代となっていた昭和四十二年から山形県は「六〇万トン米作り運動」を展開し、農家にさらなる米の増産を盛んに呼びかけていた。県は米が余っている現実にあってもなお、米の増産を推進していたのだ。

県内の農家はその政策に応えるかのように、翌年の昭和四十三年には六十万二千トンの大収量を挙げ、目標が達成された。減反政策が始まる昭和四十五年には山形県は四年連続の日本一米作り県となっていく。まさに農家の生産意欲は高まっていたところに突然の減反政策。世をあげて「米過剰、米価は高物価の元凶」扱いで、前年まで新聞やテレビは盛んに「めざせ、米作り日本一」といった報道をしていたが、そんな報道はいっぺんに姿を消した。

〈迪夫は語る〉やっぱり、一生懸命コメを作るというのは百姓にとってはひとつのバロメーターだったから、コメを作るのは。日本一米作りなんていうのは山形県から何人も出ている訳だからね。その頃は百姓としての気負いはあったよ、皆。俺も一生懸命勉強して、良いコメを作るんだと、意欲があったけどね。それが減反政策ができてから、コメ作りに対する意欲がガタッと落ちた訳だ。これは全く制度的に、非常に精神的に農民の心を奪い取ってしまったな。

現実的にコメが余るんだということになるんだけどもね、コメが余るのは政府の政策であって、コメを食わなくなるような政策を取っているから余るんで、アメリカから小麦粉や、パン食の原料をどんどん輸入する、あるいは安いコメを東南アジアから輸入するという政策を取っている訳だから、それだって今のＴＰＰの状況から見れば、そういう貿易差益を維持するためにはそうせざるを得ないということになるんだけども、余るコメを余らないようにするにはどうしたらいいか、これは俺も解らないけどな、解らないけど、コメを食わないような政策を取ってきたことは事実な訳だ。パン給食だとかね。便利で手軽な食事というと欧米食な訳だ。それが近代化だと思っている。自分が近代的な人間だという錯覚を日本人は持ってしまったな。

そうそうそう。あの頃よ、慶応大学医学部の林髞《はやしたかし》という教授なんかは〝コメを食うから日本人は馬鹿なんだ〟という本を書いたのがあったもんね。コメを食っているから日本人は馬鹿なんだというよ、そういう本が出た。そんな時代的な風潮もあって、コメ離れが進んだもんな。


減反が始まった年、牧野では割り当てられた減反面積の百二十%を達成したが、村では木村ともう一人の農家が減反に協力しなかった。そのことが巻き起こした顚末を木村は『減反騒動記』という小説で著した。その中で、こんな場面がある。


「一二〇%の達成だったら、なにも問題はあるめえ」

「いや、ある。このまま放ったらがして置いたら、来年から減反に協力する者がいなぐなる。協力した者は馬鹿を見ることになる」

「そんなら、来年は部落《むら》中みんなで減反返上して、米作ったらいいべな」

「それでは農事実行組合としての立場がなくなる。実行組合長は市長から委嘱されているんだ。市の農林課にも、政府にも顔立たねえ」

（中略）

「部落中、誰でも米作っだいのは同じだべ。げんども、国の政策に従わんなねどて、犠牲になっているんだ。おだぐとテルさんの二人だけ犠牲にならねで米作ってたんでは、部落中のしめしがつかなくなる」

「部落中のみんなが米作っだえんだったら、部落中で米作る方向さ推めんなねのが農事実行組合の役目というもんだべ。なにも農林課や、政府の御用機関じゃあるめえし――」

「それあそうだ。げんども今は米作んなという国の政策だ。米余ってるんだから仕様があんめい。国の政策に従わねえわけにはいかねえ」

「従うわけにはいかねぇ、と決めてかかることが、どだいおかしなもんだべ」

マチの農業委員会で提示している稲作の反当たり平均利益額、六万二千円に、転作計画加算金一万円、集団転作加算金の一万円を加えた計八万二千円を、農事実行組合に支払えというのが、サイノ神の大将（注：牧野の農事実行組合長）の言い分である。

「ほだな馬鹿な、吾れの田圃に米作って罰金払わんなねなんて――」

「おれは痛ぐも疼ぐもなえ、部落中のみんなを納得させるために、実行組合の役員会で決めたごとなんだ。払わねえなら払わねえでもいいんだ――。とにかく考えておけ」

――小説『減反騒動記』より

木村は減反によって引き起こされた村の騒動について次のような評論を書いた。

昔、同じような手口の国家権力がどこぞにあった。戦争を批判し協力しないやつは非国民だとののしった。むらの組織はいとも容易にその手先としての役割を果たした。

――「心の冷害――昭和五十六年」より

さらに続けて、こう訴えた。

豊作はおろか平年作にさえ程遠い。今どき（九月末）になってようやく刈り取りが始まった。例年ならばおおかた片づいているのだが。登熟が進まず手に負えない。穂揃い、籾《もみ》揃いも極めて悪い。

けれども、むらびとの誰の貌《かお》にも、昨年のあの翳《かげ》りは既にない。米作りがこれほどまで罪悪視されれば、それは当たり前なのかもしれない。加えてわたしのむらなどは、米作りを暮らしの中核に据えている家は一軒もなくなってしまったと言ってもいい。みな片手間に近い。穫《と》れなくてもともと――。穫れ秋の感動などは昔日の語りぐさにすぎない。
これはあきらかに心の冷害であろう。米の冷害は取り返せる。だが、己れの心を蝕《むしば》んでしまっている心の冷害は、どうにも取り返しのつかないことになりはしないか。

――「心の冷害――昭和五十六年」より

（『河北新報』昭和五十六（一九八一）年十月～十一月連載）

小川プロダクションを村に呼ぶ

木村は映画製作にも深く関わっていく。昭和四十九（一九七四）年に映像記録集団、小川プロダクションを村に招いたのだ。小川プロは小川紳介監督のもと、成田空港反対闘争を繰り広げる千葉県三里塚の農民の闘いを八年間撮影し続けていた。そのうちの一本の記録映画「三里塚・辺田部落（以下、「辺田部落」）」を携えて木村が暮らす上山市へ小川プロダクションがやってきた。木村はその映画の上映会で小川監督と意気投合。そこで木村は小川に「牧野に来ないか」と誘った。以来十八年間、小川プロは牧野村に住み込んで、不朽の名作「ニッポン国古屋敷村」と「1000年刻みの日時計」が誕生した。

撮影現場に二十年近くも住みこんで撮影を続けるという、世界でも例のないやりかたでドキュメンタリー映画を製作した小川プロの存在が、のちに山形国際ドキュメンタリー映画祭が誕生することにつながり、山形は世界のドキュメンタリーのメッカへと発展していく。〝映画祭にとって木村さんは恩人だ〟と、山形国際ドキュメンタリー映画祭事務局長の高橋卓也は言う。

そんな経緯があって、平成二十五（二〇一三）年七月二十八日、山形国際ドキュメンタリー映画祭事務局メンバーたちは、山形市で当時、小川プロダクションの助監督であった飯塚俊男（現・映画監督）と木村との対談を開催した。山形がドキュメンタリーの世界的メッカになる原点を探ろうという企画であった。以下はその時の二人の対談の一部である。

飯塚……一九七四年、その後になぜ迪夫さんは小川プロの集団を牧野に招いたか、その辺りから話を展開していこうと思うんですけど。

木村……小川さんが牧野へ来る前に三里塚で撮った最後の作品、「辺田部落」、その後、牧野へ来てからも「三里塚・五月の空　里のかよい路」という作品を三里塚で撮っている訳ですけど、とにかく「辺田部落」という作品の上映が東北に広がったんですね。

仙台でやって山形でやって、その時、私の恩師の真壁仁から、地下水の同人に協力頼むという声がかかった訳です。そして山形上映が終わってから、私の住んでいる上山市の上映となった訳ですけど、小川プロというのは自分たちで現場に行って、その場で上映のためのオルグ活動をやって、そして自主上映をやって、後始末も全部、自分たちでやるというようなシステムでありましたから、都合、小川プロの先発隊三人が私の町の牛丼屋の空いた店を借りまして、そこを住まいに約三ヵ月間おったのかな、九、十、十一と三ヵ月間おった訳でありますけど、その上映運動を通して、「辺田部落」を通して、私はこの作品というのは何と言っても小川プロの三里塚の集大成の作品だなと言う、そういう位置づけを勝手にした訳であります。

そうすると小川さんたちのグループはいずれどこかに移動して行くだろうという想像もした訳であります。それは何故かと言うと、よく小川さんが言った訳でありますけど、「三里塚で七、八年映画撮りをやったんだけど、自分たちは一度も田んぼの内側からカメラを向けたことはない。全部田んぼの外側からカメラをまわしてきた」と。そして結果としてはそのことを通して、「なぜ農民があれほどの闘争を展開するエネルギーを内在しているのか」と。「そういう所をなんとしてもつかみたいものだ」と、いうことを小川さんはそれとなく私に言ったこともありますし、私もその通りだと思った訳であります。ならばこの牧野村に来てカメラをまわしてもらえば、何の闘争もない平凡な村のなかに潜む農民のエネルギーというものを或いは撮ることもできるんじゃないかということを勝手に想像した訳であります。

しかしながら当時、ああいう小川プロのグループたちを見ると、あれは新左翼だとか、トロッキストの集団だから気をつけろという言葉が村の中に流布しておりました。

対談での迪夫と飯塚

飯塚俊男は家族共ども、住民票を牧野に移し小川プロダクションの助監督として牧野での映画創りの縁下の力持ちとして働きつづけた。

上／カメラを覗く迪夫
下／三里塚・辺田部落の映画宣伝カー

映画「辺田部落」の山形上映で、迪夫は小川紳介監督と出会い意気投合。「牧野に来ないか」と迪夫が誘ったことから、小川プロが移り住むことになった

だから近づいちゃ駄目だぞというふうなことでありまして、村人の圧倒的多数は近寄らなかった訳であります。

飯塚……迪夫さんが小川プロを牧野に連れてくればいいと思ったけども、村の人たちとか、村の人ばかりでない、迪夫さんの友だちでさえ危ないよという状態でしたよね。その話をする前にですね、迪夫さんがなぜ小川プロに期待したのか、つまり、そういう軋轢が出ることを百も承知でね、でも小川プロが来ることで何かが変わるかなと、とか、なんかそういう期待があった訳でしょ。

木村……そうそう、それはね、村では青年団運動とか青年学級運動とか、昭和二十五、二十六年頃から三十年頃まで展開されておって、青年運動が非常に盛んであった訳です。しかしながら昭和四十年代になってそれがほとんど姿を消してしまった。村は非常に活気が無くなった訳でありますね。そういう村の閉塞的状況に対して私は大変不満でありました。何とかして村を活性化したい、それは青年ばかりでなくて、大人たちを通した、村全体がもっと活気がなければ駄目だと、いうような想いがずっとあった訳であります。そしてそれは村の内部の運動だけではどうにもならない、むしろ幸いに小川プロダクションというのが目の前にいると、そういう人たちから力を借りて村を活性化したいものだなと思った訳であります。

そういう状況の中で私は小川紳介さんに、「牧野村に来ないか」という声をかけた訳でありますね。それについては私の中にもちゃんと計算がありまして、小川プロのスタッフを迎えるだけの田んぼも畑も確保できる、そして居住する家もある程度メドが立つという実際的な状況を計算に入れて小川さんに声をかけた訳でありました。

飯塚……その時にちょうど我々も木村迪夫さんからそういう話があるとは思わずに、まあ三里塚はそろそろ卒業して、三里塚を離れて現場を変えようと。で、どこかの農村で今、迪夫さんが言われたように、村を内側から見ていこうと、農という活動をですね、村人の内側から見ていくような映像を撮りたいものだという話はよくしていたんですよ。どこかそういう場所はないかということは言って。最初は小川さんの奥さんである白石洋子さんがですね、福島県にお父さんから譲られた農地がある、そこに入れば何とかなるんじゃないかという話を小川さんがしてたことがあって、いやあ、奥さんの土地は止めた方が良い、と言った覚えがあります。

木村……私は小川プロの内部でそういう話がなされておったということは全く知らなかったです。それで私自身の個人的な想いでとにかく小川さんに声をかけて、小川プロという集団がこの村に来てくれれば、この村の内部事情も変わるし、閉塞的な状況の村も開放的な村に変わるんじゃないかという期待感をもって声をかけたんですね。

飯塚……だから小川プロにとっても我々にとっても渡りに船でそういう状況にあったから、迪夫さんから、えっ、そんなに良い話があるのか、じゃあ牧野に行きましょう、それとね、もう一つは当時昭和四十七（一九七二）年、四十八（一九七三）年に三里塚辺田部落に突き進んでいってですね、次はどうするかと、作品の方向はふたつあったんですよね。東北の農村でやるか、それからもう一つは被差別部落に入るか、東北勢が勝っちゃったんですよ。被差別部落のほうは一辺外して、普通の農村、政治的なテーマはないけれども、一から農の世界と村の歴史とか自然との関わりとか、一から組み立ててみようと、いうような話はよくしていました。

木村……小川プロにとっても渡りに船とは全然思っていなかった訳で、俺自身の中でも小川さんから返事をもらった時に、そういう方向に動いてくれたという状況には、まさに渡りに船であった訳です。それは村の状況ばかりでなくて、私自身の思いもそこにあった訳です。というのは私は百姓でも惰農でありまして、村の閉塞した状況の中で毎日毎日、田畑ばかりいじっていたんではつまらないと思っておったんで、もっと文化的な活性化された村社会というものを築き、自分をその中で生きていきたいなという想いがあったんで声をかけたんでありました。

しかしながら村の人はさっき言ったように大多数が警戒して、或いはトロッキストの集団だと、新聞にも書いてある、テレビにも出てくる、ましてや、共産党はストレートに私の所に申し入れしてきましたね。つまり小川プロという集団はトロッキストの集団であって、彼らの動きというのは逐一報告しなさいという文章を日本共産党の著名な文化人、蔵原惟人さんの名前でしたかね、上山の共産党の党員にまで降りてきている訳です。そしてその党員の人たちは、もちろん私とは友達な訳でありますけど、「迪夫さん、あなたはだまされているんだ、小川プロにだまされているんだ」と。トロッキスト集団であるから彼らの行動について逐一報告しなさい、そして上映会については何百何人入ったかまで報告しなさいという文面を私の前に広げてね、私を脅しにきた訳であります。

私は小川プロというのはそんな集団ではないんだと、たとえ私がだまされていようと、だまされた私が悪いんで、私は信用したんだから、だまされても結構だから、それは私は引きませんということでやり合ったことがあります。そんなエピソードもありました。

飯塚……確かにね七〇年代の三里塚闘争が激しい時に、当初は共産党と社会党が応援してたんですよね。ところが新左翼の全学連が入ったことによって、実力闘争、激しい機動隊とぶつかり合う闘争になった時、社会党も共産党もずーっと引いていって、それで新左翼系の学生たちと農民たちが繋がって、共闘闘争やるみたいになっていったんで、共産党とするとそこで映画を撮っている連中はまあ中核派の回し者かというふうに思っていたんだろうと思うんですよ。

ちょっと付け加えていくと、上山に来て二十年くらい生活しながら映画を撮って

上／迪夫と小川紳介（中央）
下／田圃で小川プロのスタッフたち

村に20年近くも住み込んで農作業をおこないながら、農民の心に迫るドキュメンタリー映画製作は、世界でも他に例はない。

いったんで、次第に三里塚でなくて、「ニッポン国古屋敷村」を作る、その後、「1000年刻みの日時計」を作るってなっていくと、そういう政治的なテーマよりも、村とか共同体、歴史、自然、そういう総合的に、そういう映画作りに変わっていったではないですか。

木村……もうひとつ思い出したんですけど、小川プロを呼んだことによって、三里塚の闘争のオルグも牧野に呼んだ覚えもありますし、そのときよ、私は公安から呼ばれた訳よ。公安から呼ばれて、「木村さん、小川プロの行動を逐一報告してください」と、こう言われた訳ですね。私は「いやあ、そんなのおっかないから止めた」なんてとぼけておったけども、それ以来引きも切らずに小川プロの所に公安が来ておりましたな。何ヵ月も何年もそれを続けておりました。そんな状況の中で、小川プロを、映画を、少しずつ、「クリーンセンター訪問記」を撮ったり、或いは真壁先生の「牧野物語・峠」を撮ったり、養蚕映画「牧野物語・養蚕編」を撮ったりして、実績を重ねていったという経過があります。

飯塚……小川プロの側にとってもですね、迪夫さんは小川プロは信用できるか一生懸命考えたうえで判断されたと、我々も全員で村に入って行く訳で、ちゃんとそれをバックアップっていうか、矢面に立って村からの攻撃を守ってくれる人かどうかをね、そういう信用に足るかどうかということを判断して入った訳ですよ、逆に言えばね。

迪夫さんの話で、やっぱり、三里塚辺田部落に戻るんですけど、「辺田部落」という映画を上映した時に、映画そのものの表現の問題として深く捉えてくれたのは真壁仁さんでしたね。それは村の会合をずーっと長回しで田村正毅のカメラで撮っているのを言っているんですけど、沈黙の時間をじーっとあんなに長く撮って、そこでちょこちょこ会話している女たちをね、会話をあそこまでリアルに撮った映像を今までみたことがないと。村の中の将《まさ》に時間だと評価してくれましたね。

それから木村さんがその映画「辺田部落」を見たあと何を言ったかというと、「村は非情なものだと思っていた」と。つまり自分のお父さんが戦争で戦死してですね、そして村の中では母子家庭になってしまった訳ですね。お母さん一人で家を切り盛りしなければいけない、まあ、迪夫さんも子どものうちから働いたんでしょうけども、そうすると配給とか皆に平等に配らなければいけないのに、親父がいないんだから減らされるとか、常に村の中から冷たくあしらわれてきたという想いがあって、それで「辺田部落」を見ると村の人たちは村を守るために、こんなに真剣になって語り合って、村をどうやって守っていくかということを真剣にやる村の映画を撮った集団だから、この映画を通して村の中にもう一回みんなで助け合う精神を回復したいものだというような意味合いのことを言ったことがあるんですよね。

木村……その通りで、私は飯塚君から指摘されるまでもなく、若い頃から、小さい頃から村に対する非常に反逆心というかな、闘争心というとおかしいんだけど、反逆心を持って青年時代まで過ごしてきました。で、村というのはもともと、相互扶助精神に貫かれた根源みたいな所だと。共同精神、或いは相互扶助、そういう点では非常に暖かいところだというのがよく学者は言ってきた訳でありますけど、実際にはそこに住んできた私にとっては全く真逆な村でしたね。非常に冷たい非情な村でありました。こういう村に対していつかは仕返しをしてやるという思いも一方にはあった訳であります。

そういう要素も小川プロを呼んだきっかけになったんじゃないかと思います。そういう村ではなくて、本当の意味でのコミューンみたいな村作りをやっていかなければ村は本当の再生には繋がらないんだという想いがあって呼んだ訳でありますけど、しかしなかなか村の人たちは協力してくれませんでした。協力してくれなくても私は驚かなかったですね。長年、村を相手取ってやってきた訳ですから、村の人たちから少しばかり抵抗しようと、誹謗中傷しようと全然たじろがなかったな。

今で言えば、怖いもの知らずだった気がします。例えばその当時、一九七二年だったか三年だったか、NHKで明るい農村という番組がありまして、私の番組を撮りに来たことがあります。でNHKがカメラを持って村を歩きますと、玄関の戸をあけて、さあどうぞ、どうぞとみんな案内するんですけど、小川プロがカメラを持って村の中を回ると、皆、玄関をピシピシと閉めたもんです。本当です、これ。見事に玄関の戸を閉めた訳ですね。そういう状況でした。そうですなあ、村というのは後で思った訳ですけど、寄らば大樹の陰、体制派が圧倒的に多い訳でありまして、それが村で生きて行く手だてでもあった訳であります。今もそういう風習は、機運は抜けませんけども、そういう村に対して私はなおのこと、小川プロが果たす役割は大きいんじゃないかと期待を籠めて小川プロを呼んだということがありますね。

飯塚……最初、村に入るっていうことは大変な軋轢があるということは三里塚のこともあるし、小川さんは非常にそういう所は注意する人だったから、いきなり集団でどーんと、迪夫さんの隣の家が空家だったからね、そこを借りて住めるという条件にはなっていたけども、そこにいきなり入ってしまうと、ぼーんとヒートアップしてですね、村との関係はうまく行かなくなるだろうと、それは木村迪夫さんを追いつめることになるということで、徐々に徐々に入っていく戦略を立てたんですよ。

それでさっき話に出た牛鍋屋が、町の中に一軒家があって、全員で行くんじゃなくて、三人くらいですね、僕と先遣隊として福田という助監督ともうひとり林、撮影助手と、三人で徐々に徐々にまわりの村と往復しながらですね、住む準備をしていこうと、こうやっていったんだけど、行ってみると迪夫さんの家族ですら、ぷっとあっち向いて隠れちゃうんですよね。迪夫さんの奥さんとおばあちゃん、最初はね奥さんもお母さんもとんでもないのが隣に来ると、警戒しているのがよく解るんです。で、ここ、牧野に入っていいか、危ないんじゃないかと途中で考えて、一度迪夫さんにひとりで牛鍋屋さんに来てください、牛鍋屋の一夜っていう、僕の勝手な命名しているんですけど、迪夫さんと僕と福田さんとですね、本当に牧野に入っていいのか、話を聞いたことがあるんですよ。それは覚えてますか?

木村……覚えてる。あのよ、最初あれだったな、俺のお袋なんかよ「迪夫は人がいいからまた貧乏神を連れて来た」とこう言うのよ。怒る訳よ。いつも貧乏神で俺の家は人の借金で保証弁償をしたり財産を無くしたり、今度、迪夫がまた貧乏の神連れて来て、家がつぶれてしまう、とこう言う訳ですね。

女房は女房で「小川プロを連れて来るのはいいけど、屋敷続きのそばに連れて来るのは私は許せない」と、そう言うのよね。なぜなら日常の行動が全部筒抜けになるから、これはやだと反対しました。それで女房をほっぺたを何回殴ったかなあ。俺の女房も気が強いもんですから、右を叩くなら左も叩け、という女房でした。でも女房とお袋、特にお袋はね、いち早く、誰よりも小川紳介のファンになりましたな。

飯塚……迪夫さんは、夜話し合った時にね、「大丈夫だと、俺は信じている」と。迪夫さんの友達の中には、佐藤藤三郎さんとかねえ、偉大なる論客が周りに友人たちがいる訳ですよね。彼らは東京の世界も知っているし、そういう文化人の世界も知っているし、そうするとそんな連中（小川プロ）が牧野に入って来たら迪夫さんはかなり追いつめられるということも解るから、相当、（友達が）アドバイスで止めた方が良いって言ったっていう話を聞きました。その時ね、「だけど俺は信じているんだ」っていうそこを言われたんで、それじゃあ、迪夫さんと心中じゃないけど、とことん行く所まで行こうと我々も決意して、解りました、と言った覚えがあるんですね。

木村……俺は、そうですね、小川プロを理解してもらうには、時間はかかるけど、村の人たちは必ず理解してもらえるという自信もありましたね。それは何故かと言うと、小川プロのスタッフの態度を見ると解るんですよ。村の中を歩いていても、ふんぞりかえって闊歩するような姿勢ではなくて、いつも低姿勢で村の人たちにちゃんと挨拶をしましたし、小川さんも非常に丁寧な挨拶をしてましたね。それは演出だとは思えないんで、自然に小川プロが身につけた村に入って村の人たちとともに生活をしていく手だてを自ずから身に付けた方法だと私は思ってました。ですから必ず相容れる時期がくるなと信念を持ってましたね。

飯塚……そういう村に入って行った時のですね立ち居振る舞いとかは小川さんはかなり厳しく言う人でしたね、スタッフなんかに。それは三里塚で勉強したことなんだろうけど、やっぱり自分たちは村の人たちに対してどういう位置を取るべきかということを良く言っていた。それで、映画を撮るということと同時に、村に住まう、で、小川プロ一家が村に住まうという時に、村の一員になる、儀式も経てですね、村の総会に参加させてもらうことになっていくんだけど、小川さんが村の一員で出て行くと、監督だから自由にやりにくいということもあるから、飯塚が行け、ってなったんですね。

だから飯塚一家が村の一員になって、住民票も全部牧野にしたんですけども。で、そこの一員になって、小川プロはそこにくっついて来たという、そういう設定にして、村の一員としては僕と私の家内とですね、村の付き合いに入っていくというのがありましたけど、その時の姿勢としても、村の人が主人公の映画だから、どう動いていこうが、良い方向に行こうが、悪い方向に行こうが、これは村の人たちが決めることであって、村の人たちが主人公。映画はそれを出来るだけ近い距離で見つめることだっていうようなね意識を強く持たされていましてね、だから村の総会で発言したことは一回も無いんですよ。村はどっちへ行く、あっちへ行く、色々な議論があるんだけど、発言しない、投票権だけはあったから、会長の投票権だけはあったから、それは書きましたけど。それ以外は一緒に飲むだけでね、村を操作しちゃいけないと、ということは強く言ったですよ。

木村……小川プロを信用せざるを得なくなったという状況もあった訳です。例えばさっき言ったように、飯塚さんの奥さん、子どもを含めて全部、牧野に住所を移した

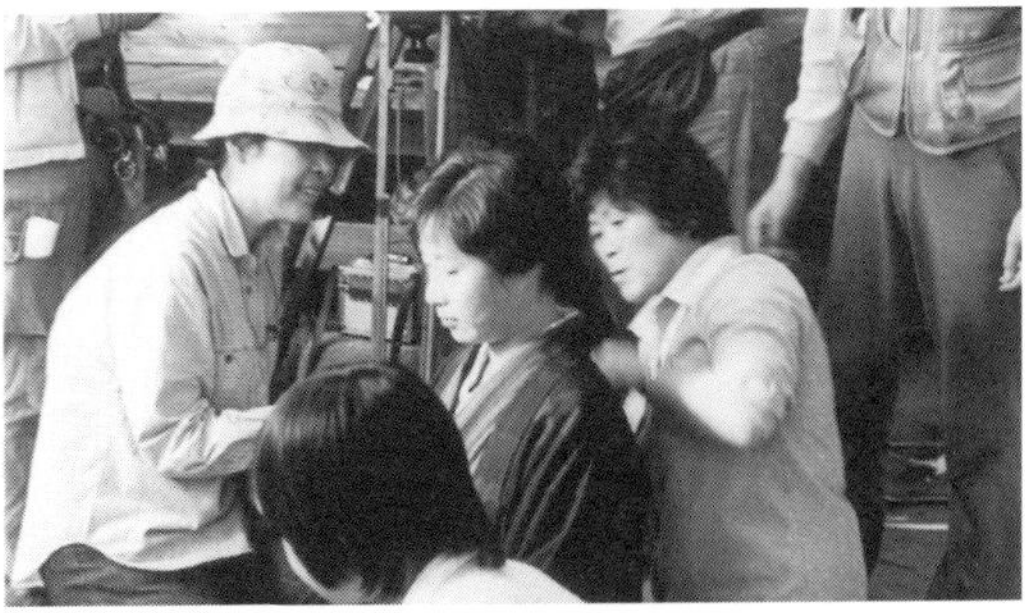

上／結髪を手伝うシゲ子
中／稲の撮影と迪夫
下／スタッフとの交流風景

訳ですね。牧野の住民になって、小川プロ全体が牧野の義務を全部果たす、これは大変なことです。「小走り」という制度があるんですけど、村中を回ってチラシを配布したり伝言をしたりする制度があるんですけど、その小走り、隣組長の役目も果たす、そして人足なんていうと、例えば小川プロのスタッフが誰もいない時に、何月何日、堰上げ人足（村人総出の水路掃除）だと東京に教えてやると、夜行列車で朝、すぐ来て、堰上げ人足に参加するという、徹底した義務を果たすという姿勢については大変なものですね。決意にも似た生活行動だと思いました。ここまで徹底して村の人たちに相容れようとするのは、本物だと私は思いましたね。そしてなお一層、私は小川プロに対する信用を深めていった訳です。

それ以前にさっきも申し上げたように、私のお袋なんかはとっくに小川紳介に傾倒しましてね、毎日毎日となりに行く訳です。そして私は「小川さんの所は映画の仕事で忙しいんだから行ってはだめだ」と、「近寄ってはだめだ」と。「行かない、行かない」と言いながら、裏口から小川さんの所に行ってお茶を飲んで、しゃべってるという状況でありましてね、小川プロのシンパは第一に私のお袋でありましたし、第二に私の女房であります。私は三番目だったなあ。

飯塚……それはしかしね、小川さんにはすごい計算があってね、この人は映画になる、映画の対象として面白いキャラクターを持っていると思うと、ああいうふうに小川さんは大事にね、どうぞどうぞどうぞって座敷にあげて接待し、いろんな面白い話をするでしょ。ところがそんなことを言うと悪いけど、この人は映画の対象にならない、例えば（他の）ばあちゃんがですよ、野菜もって訪ねてきたりすると、「飯塚行け」って感じで、座敷にあげるなって感じなんですね。それで僕は玄関先で相手をしなければいけない。そういうスタッフワークの中ではバランスがありましてね。

だから迪夫さんのお母さんが来ることは小川さんにとってちっとも仕事の邪魔じゃないんです。自分が次の映画の展開を考える材料なんです、逆に言えばね。そのくらいはっきりした人でしたね。村で暮らすには、そういう小川さんのやり方でやったらすぐ、ぼっこわれちゃいますよ。必要な人だけ入れて、それと仲良くやってたんじゃ村の関係は成立しなくなる。平等に扱わなければいけない、どんな人にもね。そこんところをやるのは助監督の役割だよね。ああ、そんな役割だなあと思いながらね（会場笑）、ずーっとそれ十何年もやったでしょ。

木村……そういう意味で言えば俺のお袋は一番の小川紳介のシンパになった訳でありますけど、「1000年刻みの日時計」で、ラストシーンで俺のお袋が延々としゃべっているんですね。これはちょっと現実離れしたシャーマニズムの世界みたいなことよ、延々としゃべっている訳。そうすると村の人たちはよ、一斉に笑う訳です。笑うも笑う、これはこう笑うといいますかな、あざけ笑いでしたね。私は耐えられなくてよ、あそこのシーンはカットしてくれと、小川さんに何度も申し入れたんです。あそこのシーンをカットしないと上映してはならんというまで強行に申し入れしましたけど、小川さんは微動だにしなかったですね。その気は全くなかったというんだか。ただ私としては村の人が見る度にわーと、満場総笑いです。ほめた笑いではなくて貶す笑いですね。これは息子として耐えられなかったなあ。

飯塚……だからそういう時に迪夫さんは、こういうことを言うと申し訳ないが、村人の視点でしか我々に向かってこない、詩人の視点で向かってこないと僕らはよく言ってました。あれは詩人かな、って（迪夫笑）。そのくらい、人のあり方というのを描き上げていくというのはね、迪夫さんやるじゃないですか、詩の中に描く時には現実とは違うイメージに作り替えていくじゃないですか、作り替えるというか、現実から引っぱり出しながら、それをブラシアップしていくじゃないですか。

木村……とにかく村の人たちというのはそのように私には、少年時代から青年時代には相対峙する敵でありましたし、村は優しくて暖かい所だと思うようになったのはかなり後年というか、年取ってからですな。その証拠には村の人たちはそのようにずーっと見てきましたし、私の家に対してもそういう態度でありました。

それは小川プロに対する態度も全くその通りでしたね。例えば家の前に道路が一本あるんですけどね、そこの道路の先の人たちは田や畑に行く時には、その道路を遠回りして行ったもんです。というのは小川プロは我々が朝仕事に行くときには寝ているものだから、朝起きるのが遅い訳です。遅い小川プロのスタッフがみんな一斉に起きて、家の前で体操をしている訳ですね。どうしてもそこを避けて通った訳です、みんな。おはようございますと小川プロから声をかけるんだけど、声を遮るようにして遠回りをしたもんですな。

そういう状況の中で私はやっぱり「ニッポン国古屋敷村」、飛躍しますけど、出来た時点で、上山市民会館で、ベルリンで賞を取ったあとの上映でしたから、上山市民会館は九百六十席しかないんですけど、千五百人くらい入りました。満席でね。小川さんなんか、飯塚、大丈夫か、もっと入るかと心配しておりましたけど、私と小川さんは通路で「小川さん、石の上にも三年というけども、石の上にも十三年だったなあ」と抱き合って喜んだ覚えあります。そういうふうに村の人たちというのは、体制のほうから一転して全員がシンパになる訳ですね。それほど村の人たちというのは私から言うと、見識がないというと叱られるけど（客笑）……

飯塚……仕様がないですよそれは。

木村……少数派であれば黙って引っ込んでいて、多数派になると一躍我も我もと出てくるのは村の習性ですね。それは今も変わりません。

飯塚……どこの世界も日本っていうのはそんな感じじゃないですか。ただね、もうひとつ迪夫さんから聞きたいのは、そうやって十五年、二十年とですね、小川プロとつきあって、そして迪夫さんとしては得たものがあるんじゃないですか？

木村……私は小川プロとの付き合いというのは私自身の青春であったなという気がしますね。まさに青春であった、鬱屈した日常生活から解放されて、小川プロとの付き合いを通して私は自分が解放されたという感じでした。そしてその先が見えてきたというかな、自分の生きる道が見えて来たという想いを抱くほど解放されてきましたな。

そういう状況の中で、例えば個人的にもそうですし、例えば小川プロを通して随分勉強をさせてもらいました。小川紳介さんの所には何か自分が困ったことがあると、小川さんの批評、言葉を聞くことによって、何かヒントを得て帰ってくるという、そういう夜を過ごしましたな。

もう一つは、小川さんもそうだと思うんだけど、三里塚よりも牧野に来てから随分本を読んだ気がするんですけど、例えば「田中正造を読め」とか、或いは「高群逸枝の女性解放論を読め」とか、いろんな本を紹介してくれて、そのたびに本屋に行ってそれを注文して勉強しました。そういう点では個人的にも小川プロという集団を通して、或いは小川紳介を通して、自分が得たものが非常に大きかった気がします。私にとっては小川プロは自分にとって大学であったという気がしますね。私は高校にもろくに行けなかったし、大学にも勿論行けなかったから、小川プロを通して大学に行ったという気がいまだにしています。忘れることができません。

「1000年刻みの日時計」が完成した後も小川は次回作の構想を練っていた。「1000年刻みの日時計」では縄文時代から江戸時代までの牧野を描いたが、小川はその後の牧野の近代史の映画化も考えていた。しかし、小川が平成四（一九九二）年二月に五十六歳で亡くなり、その映画は幻に終わった。

迪夫は小川の死を悼んで、詩を綴った。

春の兆し――追悼・小川紳介

声もなく（予期もなく）
音もなく（萌え出づる地もなく）
いつとはなしにゆきのない雪が消え
冬が逝く

路がたのない道をへめぐって
春の兆しが立つ

立つ春の兆しが
村じゅうを
炎の色で染めあげる

まだ二月も末というのに
季節風は孕む夢の景色となって
村を吹き抜ける
吹きぬける影に従い人影は歩く
跫音をたてて
芽と芽が白を孕み木と木の揺れ　樹の肌に触れ
地に落ちる
無辜なる傷となって地に落ちる

くねくね延びる
一本の道の両側に点在する
この村のしたたり
季節を過ぎる風に追いたてられ

見えては隠れかくれては見えるひとのかばねむらびとのかばね
かばねのむれ　かばねの背なか
この村の
だれよりもこの村を愛したひとりのおとこの
逝く姿を見たか
遺言に置きかえた村ことばを聴いたか
遺された村ことばの鮮やかな蘇生の韻律を聴いたか
むかしこの村にふいに現れた仕草で
予期のない逝き姿に村びとはなげき悲しむ
深々と身を沈める藁の柩に手をさし
ひとびとは訣れの哀しみに己れに問うのだ

あの
春まだ浅き
年の
寒気肌を刺す夜の更け

鬨の声あげ
筵旗たて
村道を駆けぬけた歓喜の
１０００年の刻みへの
遡行への情景がよみがえる

こころざし高く
村のこころ（真志）を抱いたその魂よ
むらおとこよ
たったひとりのむらおとこよ
飾られた祭壇のハサ架けの稲藁を肢ぎ
裸のままいまいちど村へ還らぬか
〈かえれ〉
〈かえれ〉
深々と消えることのない暖かみの藁の柩の
稔りのあとの
やわらぎのあとの

望郷のすえの歓喜の祈りの
かけがえのない時間の奥の
時の再起はおとずれるか
たったひとりのむらおとこを
見送る群れなすむらおとこたちと
おなご（農婦）たちと百と一戸のこの村の
顔から顔への
死期と生期のきわみを凝視めることができるか

北総台地に育った竹の筒と
マギノむらで穫れた米の
不思議なめぐり逢いが
いま彼岸の地のたったひとりのむらおとこの手にとどいたか
頬こけた藁の柩のなかの　顔よ
いまいちどあのほほえみを
〈幸せになれよ――〉
逝きの際に遺してくれた村娘へのことばのほほえみ（微笑）をいまいちど

そしていまいちど
喚声たかだか
この村の未来への予兆のために
叫びを

声もなく（予期もなく）
音もなく（萌え出づる地もなく）
いつとはなしにゆきのない雪の日の
冬が逝く
いまは
ひたすらに春にむかう日の移りの
くねくねとまがった路すじの
くねくねと延びた路すじの
どこまでもつらなる路のぬかるみの
わがおふくろ（老母）のよたよた歩き
歩ききれないよたよた歩きの
この村の

落ちることのない
芽ぶきの季節は

むかしふいにこの村に現れ
予期もなくこの村から逝ってしまった
ひとりのむらおとこよ
おとこの魂よ
あなたの生きざまは　この村にとって
永遠なる夢物語の芝居を演じさせてくれました
観ていて
演じてはなおのことそれはここち良く
快楽このうえない夢幻の時間でもありました
逝く冬とともに
あなたの死とともに
この村から光りかがやく夢芝居は消えたけど
この村にも
季節をこえ　ウメの花は咲くでしょう

巴旦杏の花はまだまだ先のことのように
春のおとずれは
まだこれからなのです
が

——詩集『マギノ村・夢日記』より

村の精神風土を描く

小川プロを招いたことで、映画監督の大島渚、映画評論家の淀川長治、作家の立松和平、音楽家の富田勲や高橋悠治など、各界で活躍する人たちが牧野を訪れ、木村の詩も変貌を遂げ始める。それまでの荒削りでストレートな力強い作品は陰を潜め、以前にも増して文学として洗練していくようになる。

〈迪夫は語る〉前の作品というのは、こう、現実を叩き付ける作品が多かった訳だ。このへんの作品（詩集『まぎれ野の』一九九〇年刊）から俺もよ、精神的な余裕が出てきてよ、個人的なものは随分書いた、村を書いていこうと思った、村をね。個人的な思いについては随分書いてきたから、今度はそれを超えて村を書こうと思った。そして

淀川長治、小川紳介たちと

小川プロが村で撮影を続ける中、有名な文化人
など数多くの人が牧野を訪れるようになった。

上／小川紳介、大島渚、富田勲と迪夫
中／立松和平たちと
下／大勢の外国人たちと

もう少しゆとりをもって、精神的なゆとりをもって書こうと思った訳だ。遊びの行数が結構多いのよね。遊びがむしろ心を沁みてくると言うかな。

若い頃は、村の連中とはなんと冷たいもんだなと、いつか見返してやるという思いで、反逆心に燃えておったな。こんな村から脱出してやれという思いでいっぱいだったな。でも、五十歳になる頃から、俺もそういう村の人たちと同じような人間であって、決して村の人たちを刃《やいば》で切り倒すような先鋭的な人間じゃないんだと、もっと優しい、落ち着いた目線で共に村の人たちと生活していこうと思うようになったな。いやあ、村に生きていく人間として、村そのものをもっと崇高な、自分の住処として定着していきたいということだろうな。怒りを超えたな、怒りを超えることができた、何十年か経って。

若い頃、木村にとって村は非情な存在だった。いつかは村を脱出してやろうと願いつつも叶わず、減反に協力しないなど、村びととは常に対立してきた。しかし、四十代後半を迎えた頃から、徐々にそうした気持ちから解放され、村の良さに気づいていく。それは小川プロを村に呼びこんだことも大きな要因であったように思える。木村は四十九歳で牧野地区役員となり、五十四歳で上山市教育委員、五十九歳で牧野地区会長に選任される。そのことで「木村は変わった、体制派になった」と批判する人もあった。

取材期間を通じて木村は常々、私に「自分は村の隣人たちを批判できるほどの人間ではない。自分も同じように狡さを持った小さな人間だからね」と語っていた。私は明確に木村の村に対する心の変化を突き止めることはできなかったが、木村が綴った随筆に、次のような文章があり、頷かざるを得なかった。

……一見、暗く湿ったような風景の底の、根の処で、キラキラと光って見える心象物体を発見できるようになったのは、四十代も半ばを過ぎてからのことである。なんと晩手《おくて》の人生であろうことか。権力構造に捲きこまれ、犇めき動いている村社会も、現実にはさらに大きな権力構造の余波を受け、犠牲でしかないことを識るにおよんで、わたしは安心した。村びとたちの狡猾さも、貪欲さも、陽簿の心の勤勉さと癒しとの表裏一体の姿であることを思えば、許すことができた……。

——「百姓がまん記」より

木村の詩は村の精神風土へと急速に傾斜していく。と同時に、詩としての芸術性がさらに増していった。

マギノ村・夢日記

むかし　この村に
〈秋の山〉があった

足早な陽の輝きの
日と月の沈みを惜しんで
人びとは遥かな山をめざした
素草鞋の裏に染みこむ泥水の流れを遮り
黙しつづける村の習慣《ならい》の身振りで

入りの山の閉ざされた景色を懐に
冬を生きる村びとの
長い眠りへの
創世への物語をつづる　木の積みが
ひと夏を過ぎて晒されている

始祖たちの聞き耳慣れた村ことばが
木霊のごと
賑わいとなっていま　里へ下る
木よ
薪よ
あらたなる炎よ　いまこそ村をつつめ

木の精霊たちよ（歓喜せよ）
村びとよ（謳えよ）
背子たちよ（村の眺望はまだか）
冷える岩はだを濡らす沢と沢との流れを踏み分け
素草鞋の緒の切れ
食い入る背の骨の痛みを耐えながら
いまいちどふりかえり
黄金色のこの山の風景を目におさめよ
むかし　この村に

〈春の山〉があった

手がえす田も　畑も
土はまだ凍てつきかたくなに
声なく（あれは再起のまえの沈黙）
声しのび（醒めたる眠りのあとの一瞬）
この季節
人びとは遥かな山をめざした
芽吹きを呼ぶ
陽の輝きを身いっぱいに浴びながら
樹液はしる
入りの奥の閉ざされた風景を目指して
橅　の木
栗　の木
楢　の木
の身はるか仰ぐ木々の立ち
鋸は死んで久しい父親の遺した刃

天に近づくこの界隈のわずかな空の碧さをひき裂いて倒れる　光景
絶叫（あれはこの村の創世への蘇り）
怒濤（あれは再びのこの村の物語への再起）
山鳴り
ヤマナリ（あれは産みへの陣痛《いたみ》のひびき　か）

いまは
三尺の長さに切りこまれ
これはまた遠い昔物語りとなってしまった父親の遺した鉞《まさかり》で
縦に割り
さらに縦に割り路の端に棚積み
木の枝　柴の木　色浅い梢の弱さを束ね
架け
夏を過ぎやがての〈秋の山〉への　希望
とどめなく汗は　頬を下り
背に落ちていく
ひとりの山の　淋しさよ

涙のごとき汗よ
多くの木と木の群れたちよ
木の精霊たちよ
独りの吾れのために　多くの吾れらのために
秘められた木と村との伝説を語れ
古《いにしえ》の辿りの身のうちを
いまこそ語れ

いま　この村に
〈秋の山〉は　無く
（夜火はあるか　夜火は――）

いま　この村に
〈春の山〉は　無く
（目に滲みる煙のあとの愛の契りは――）

燃えさかる炎の炉はすでになく

近づく冬の日のこの朝
村びとは夢の物語を捜しに家を出る
わが家から隣家へ
わが村から雪のまえの雨降る沖のさきの村へ
地から地へ
（まぼろし光る創世の日の物語は残されたか）
木はこの村から消えた

（あれはいつの頃の春の山であったか。鳥啼く空を仰ぎながら、草生いしげる山地に蓑を敷き、声高らかに抱いた妻の肌の艶やかさな光よ、 こともあれ、この俺の肌身の晒された荒さよ。橅の木に似て、栗の木に似て、楢の木に似て、天と地との間の木もれ陽の下の愛よ。歓喜よ。始祖たちの山の賑わいよ）

橅　の木
栗　の木
楢　の木

いまは日と月との時空に見捨てられた木々よ
木の精霊よ
過ぎし日の木（薪）と村との伝説を語れ
炎のさかりの快楽みちた村物語を書き記す
夢の住処の炉端の所在は
今も
みつけられるか

——詩集『マギノ村・夢日記』より

埋もれさせない

戦没者たちの怨念を伝える（飢餓地獄のウェーキ島）

波乱万丈、紆余曲折を繰り返しながらも、父・文左ェ門、そして叔父・良一を戦争で奪われた木村は反戦にこだわりつづけた。農業や出稼ぎなどを綴った詩の中に、さりげなく戦争のむごたらしさも表現するなど、戦争被害家族としての怨念を燃やし続けた。自分の家族だけがその悲劇を被ったのではない。わずか百戸たらずの牧野だけで三十一人が戦死したのだ。

叔父の良一は大正十（一九二一）年生まれ、木村のわずか十四歳年上であった。十五歳で高等小学校を卒業すると同時に、丁稚奉公でボルネオに渡る。五年後（昭和十六年）、二十歳の時、奉公を終え帰国するが、すぐに徴兵、海軍の水兵として軍務に就く。昭和二十年五月十六日、マーシャル諸島ウェーキ島にて戦死（「舊海軍軍人死没者處理原票」には、食糧の特殊事情に依り栄養失調症に罹病ウェーキ島六十五警病舎に入室加療中の処二十年五月十六日死亡（戦死扱）と記載されている）。

昭和五十三（一九七八）年、木村は政府派遣遺骨収集団員のひとりとして、叔父・良一が死んだウェーキ島を訪れた。二十日間のうちに七八六柱もの遺骨を収集した。戦死とはいうもののほとんどが餓死だったため、すべてが完全遺体であった。虚空をにらむ眼窩からは樹の根が生え、耳穴には草の根がはびこり、口の中から葛が旺盛に繁茂し、年月のはるかさを想わないではいられなかった。と同時に、木村は血も肉もない頭蓋骨に、奪われてなお言葉を持つ者の

叔父・良一の遺影

顔を見た。それは間違いなく、虚空の眼窩ではなく、怨念に満ちた視線が天空を凝視していた。あまりにも痛ましい骨だけの生命であった。

〈迪夫は語る〉　叔父の記憶はないな。だって俺が小学校何年の頃、叔父さんがボルネオから帰ってきたのは昭和十六年だからね。十六年というのは叔父が五年間丁稚を勤め上げて、お祖父さんが死んで帰ってきたのよね。二十歳だったかな。筋骨隆々としてて逞しくてね、しゃべったって思い出もほとんどないな。叔父は学校卒業すると、すぐにボルネオに丁稚奉公に行った訳。俺の家は貧乏だったから、借金あってね、ここの土地なんか叔父さんがボルネオに行って送金したお金で買ったの。

死んだのは南の孤島でウェーキ島という島ね。面積が二十五平方キロメートルという、海抜五メートルという、非常に小さな島でね。山もなければ何もないということで、珊瑚礁の島だったなあ。感情が高ぶってきてね。それでよくもこんな遠い島に日本の農村から、こんな遠い島までよく来たもんだと、あれだな、ちょうど南十字星が日本の方角に見える訳よ。それを見ると涙ぐんだな。涙が出てしょうがなかった。

木村たち、遺骨収集団員は二十日間、遺骨を掘り続けた。

〈迪夫は語る〉七八六体、二十日間で掘り出したんだ。毎日毎日掘り出しておったからね。骨は北の方角、日本の方角に向かって並んで埋葬してある訳よ。埋葬だったけね。それがだんだん、歳月が経つに従って、大きな穴を掘って、穴の中にどどたどたと放り込んで埋めたという感じだったな。出てくる遺骨を見ると。死者が増え続けて、ひとつひとつ丁寧に埋葬できなくなっていったんだな、きっと。埋葬する兵隊自体も体力が亡くなって弱って、明日は我が身だったからね。そういう状況だと思うんだ。

俺たちが掘り出した遺骨は七八六体なんだけども、これで何分の一にも満たなかったんじゃないかな。だってウェーキ島に駐留した日本軍は五千人くらいおったっていうんだから。半分。二千人としても三分の一か。ウェーキ島は米軍の基地の島でね。ほとんど米軍の基地で整地されているから、そういうところは掘り返せないしね。ボサと呼ばれる小灌木の林がずっとあって、そこを米軍のブルで起こしてもらって、その後俺たちがスコップで掘ったんだけどもね。

空襲は受けたらしいんだけどもね、戦闘したってことは無かったらしいな。一緒に収集に行った野田君のお父さんなんかは下士官だったかな、中尉くらいだったかな、爆撃でやられて死んだからね。空襲といっても海抜五メートルの島だから、隠れる所がない訳だね。上から俯瞰できる訳だから、その島をね。それでバカバカバカバカ、定期的に時間をおいて、日にちをおいて、空襲したっていうんだな。

ほとんどが完全遺体だった。要するに戦闘で死んだんじゃなくて、ほとんど餓死だったということだな。餓死。食糧不足による餓死者。だから戦わずして死んでいったっていうことだね。補給もできなかったの。ちいさな島だから、補給路を断つと、自ずから玉砕することは解っておったからね。米軍の軍艦が海域を取り巻いておって、日本の船の補給路を断った訳だから。だから日に日に食糧がなくなっていく訳だね。そして、日本軍で計算したのは今のある食糧で何日保つかって逆算してって言うんだな。そうすると生き残るために一日何人の死者を出せば何人が生き残れるというようなことを計算したって言うんだな、本部では。食糧が補給できないんだから。そしてわずかある食料庫も米軍の空襲でやられてしまって、その食料庫さえも使えなかったという状況だったらしいね。

あまりにも無謀だね。だからその頃は、あそこの島は昭和十七年だかに米軍から奪取した訳だね、日本の海軍が。その時点では食糧は十分に補給できると、南の島はすべて占領しているという計算だったと思うな。食糧は補給できるという計算じゃなかったかな。昭和十八年になって戦況が段々おかしくなってよ、船が来ない、補給が

叔父が戦死した南海の孤島・ウェーキ島

遺骨収集する迪夫と野田

できないという状況がウェーキ島だけじゃなくて、南の島々の至る所でそういう状況が広がっていった訳だからね。兵糧攻めだな。

スコップで掘っていく訳よね、そうすると長年、土の下に埋もれて、草が生え、根が生えている訳だから、眼窩から木の根っこが出てきたり、耳穴から蔓が伸びておったりして、年月の果てしなさを思い知ったな。驚きと恐怖だったな。でもよ、毎日毎日遺骨を掘っているとよ、段々感覚が麻痺してくるもんだね。怖くなってくるな。ビニールの袋に一日の掘った分を入れて、担いで倉庫に持って行って、山側の、蓄えておったもんだからね。最初は身震いした。だけどそれも毎日やっていると、感覚が麻痺して感じなくなるね。

遺骨収集団皆で毎日一緒に二十日間掘っていたんだが、あんまり話はしなかったな。ただよ、米軍の宿舎を借りて寝泊まりしておったから、滋賀県から来た野田君と同じ部屋に寝ておった訳だ。俺は叔父さんだから、親父が死んだのと叔父さんが死んだのと感情的にちょっと違うんだな。客観的に見られた訳だ。野田君なんか夜中さっと、俺は知らないで寝ておったけど、何回もお父さんが死んだという地点に行ってお参りしておったな。

掘り出した七八六体の遺骨は帰国前にウェーキ島で荼毘に付した。炎がばんばんばんばん、だんだん炎が下火になってくると、青い燐が燃える、燐がぼんぼん燃えている訳だ。まさに、全体的にいえば天を焦がす炎の渦だったな。天を焦がすとはこのことかと思うほど燃え盛った。それをずーっと一晩ね、付き添っておった訳だけれども。そして天を焦がす勢いで炎が立ち上る、燐が燃える、一方では南十字星が瞬いている、こういう状況を見ると、如何に無念の想いで死んでいった、故郷を思いながら死んでいったであろうことを思い起こしたな。無念そのものだと思ったな。死んだ人たちは、戦死した人たちは。

餓死だから、戦闘で一発でやられるのと違うからよ、本当に苦しかったと思うよ。だから戦争が終わって、ある時ウェーキ島から生き残って帰ってきた人が俺の家に叔父のことを教えに来たのよな。その人が言うには、俺の叔父は納豆餅を食って死にたいと、こう言うんだな。納豆餅好きだったようでよ、それで未だに俺の家では餅を搗くと、叔父さんには納豆餅、親父にはあんこ餅、親父は甘党だったから、それをちゃんと、皿に乗せておくのね。女房はずっと励行してくれているの。納豆餅を一度食って死にたい、と、こういうんだな。

大体、後で憤懣やるかたなかったのは、ウェーキ島から生き残ったのは本部勤めの人、幹部ね、それから衛生兵、それから炊事係。炊事係の人なんかは生き延びたんだな。なぜかっていうと、盗み食いできたっていうんだな。やっぱり上官っていうか、

上／収集した沢山の遺骨を燃やす
下／炎が天を焦がす燃骨

20日間で収集した786体の遺骨を荼毘に付すと、骨の燐のためか青い人魂が飛んだと言う。

上の人は生き残っている。生き残って日本に帰ってきたんだね。ということは裏で食べている。食べているんだねえ。俺の家に来た生き残りの人は大尉だったかな、大佐だったかな、東大出の人が戦争体験者として俺の家に来たんだけど、俺は夜、食ってかかったことあるな。「自分たちばかり生きのびてよ、死んでいく人たちをどう思ったんだか」と言ったらば、「いや、生きるも死ぬも紙一重で、明日は我が身だ」と言っておったけどな。その人が言うには、わずかに海辺で湾になっておったから、魚釣りして食った人は多少は命をつないだらしいけどね。空襲のない日は魚釣りをしていたと言っておったな。やっぱり上官、本部勤めの人たちは生き残るんだな。戦闘があっても最前線には行かない訳だからね。後備兵だから。食糧危機になっても最後は自分たちの食糧を確保しておく訳だから。

夢の島Ⅲ

三月五日

午後三時三十五分　燃骨点火

人間が燃えるという異景を

はじめて見た
七百八十六人ものニンゲンが無花の山となって
燃えさかるのだ

炎ノ中ニ飛ビ込ンデ
七百八十六遺体トトモニ
死ヌヤツガ
一人グライ生キ残リノ老兵ノ中ニ
オランカト思ッタラ
結局一人モオラン…

炎ノ燃エサカリヲ凝視シテイルト
カエッテ
ムナシサダケガ　ムナシイ思イダケガ
駆ラレテキテ
七百八十六人ノ肉親ガ生キテ還ッテ来ナイ以上――
（自分を生んでくれた父親の貌は一度も見たことがなく、あるとすれば

母親の胎膜を透しての朧なる想いに過ぎないと語る——滋賀県から来た
野田君との対話）

骨が燃えているのではなく
人間が燃えているのだ
灼けた白地の
ときには黄地の珊瑚の地肌とともに
ボサと呼ばれる小灌木の林を縫い
眼の先の碧色の濤に疾る
島が　燃えているのだ
無音のことばが
いま声となって
炎の奥から絶えない叫喚となって
耳に木霊する

（おふくろよ、丈夫でいるか）
（兄貴から手紙はあるか）

（おれは丈夫だ、元気だ。ボルネオに五年も奉公していたから、暑さは平気だ。山生まれだが、おれ 海にも慣れている）
（お袋よ、おれ戦さから帰るまで、丈夫で畑にいろよ）

炎が天をこがすという　俗語
あれは俗語ではなくて　この世の独語なのだ
炎と炎の隙間から観る限嵩の相は
何を呪い
なにを恨み
ナニを視射してやまない貌なのか
独言が飛翔して夕陽となり
南の果てのこの島の鳥となって
天と海とを赫色に染めつくす
「あれは　怨念の鳥ダ！」
誰かが　叫ぶ
叫ぶことばの濤に洗われて
鳥は

地上を飛び
天に群がり
海をも超えて　彷徨う
（めざす故国への方角は識るか）
（千七百二十海里の先の　孤形の村は見えるか）

夜
そうだ　この島にも夜は来るのだ
南十字星は黒塗りの水平線上低く
煌き弱く
自炎自焼して消えていく
いまは
崩れ果てた顔のない兵士の山が
燐光色となって
闇の深さにさからっている
鳥たちの飛び去った地上に
天をこがす余力はすでになく

さればとて萎少することのない時間への遡行の途を
静かに
急ぎ足で渉り詰めている
けっして縮めようはずもない長過ぎる途のりを
群青色の炎のまま
軍靴の隊列音高らかに
島を駆けていく

（いま　村は雪か）
（雪降ったら。なにも見えんな）
（雪食っても。腹いっぱいにならんな）
（おれも。さむい……）

――『八月十五日　遥かな日の叢書　別冊』より

それから二十年後の平成十（一九九八）年、木村は一緒に遺骨収集に行った仲間と再び、ウェーキ島を訪ねる。

〈迪夫は語る〉昭和五十三（一九七八）年に最初遺骨収集に行った訳だから、そのとき、当時はみんな若かったからね。俺も四十三歳くらいだったたし、野田君なんかもっと若かったしねえ、福山君も若かったし、前川君はおれよりふたつ年上なのかな、みな子育ての盛りだった。金がかかる、一度は行ったもののよ、それ以後、ずーっと自分の家を守るために精一杯でよ、振り向く余裕がなかったんだな。それが二十年くらいすると、六十くらいになっているからね、多少、経済的にも時間的にも余裕ができたのかな。「木村君、何とかもう一度親父の墓参りに行きたいもんだ」とこういうことになった訳。

でも簡単には行けない。行けなくて俺はよ日本遺族会に再三再四よ、何とかもう一度慰霊巡拝を、今度は遺骨収集じゃなくて、慰霊巡拝を実施してくれないかということを願っておったんだけど、実現しなかった。それは何故かっていうとやっぱり、ウェーキ島の犠牲者っていうのは、よその島と比べて圧倒的に少ない訳だね。少ないから最大公約数で犠牲者がいっぱいいる島を順次回っている訳だから、なかなか計画してくれなかったと。

もう一つはウェーキ島はアメリカ軍の軍事基地で、政府の遺骨収集は一度は許可したものの慰霊巡拝ってことは許可しなかったんだな。アメリカが許可しないということを日本で解っておって、日本の厚生省は解っておって企画しないってことだったたな。

それで、何年もかかったな、それで何とか慰霊巡拝実現してくれないかと。その頃山形県出身の日本遺族会の事務局長もおったし、偉い人がいっぱいおったからね。課長級とか事務局長とか、それでもだめだったな。俺、何とか実現したいもんだと。たった一度で良いから、今一度行きたいと、何とか実現してくれないかということで、仲間たちの願望を何とか遂げてあげたいものだと、俺はあそこの司令官に、ウェーキ島の司令官に手紙を書いて旅行社に頼んで英文に訳してもらって届けたんだけども、これもまた難しくてね、軍事基地だからウェーキ島の司令官だけではOK出せない訳よ。本国の国防総省の許可を得なければ駄目だっていう訳よ。

三年かかったな。三年かかってOKが出た訳。OKが出たけれども、民間航路って一切ない訳だから。米軍の空軍基地だからね。民間人はひとりもいない訳だから。だもんだからグァムまで民間機で定期空路で行って、グァムからチャーターしてウェーキ島に行かなければならないと。大変金がかかりますよと、こういう訳だったな。金に文句をつけた人は行く時はひとりもいなかったな。ただし、旅行社からは「もし米軍のほうに頼んでキャンセルになった場合は木村さん、保証してくださいよ」ということで、私は腹をくくってよ、保証書にサインをした訳。一千万円だったな。あの頃は若くて度胸あったなあ（笑）。

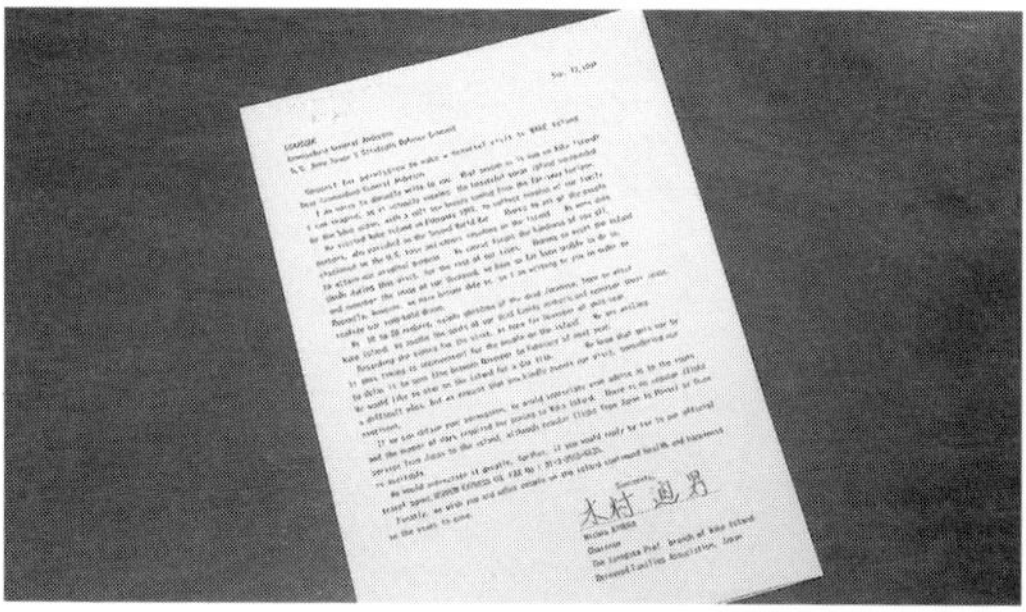

上／ウェーキ島再訪の記念写真
（野田・福山・前川がいる）
下／国防省への英文手紙

迪夫が３年かけて米国防総省から許可を取り、グァム島からジャンボ機をチャーターして実現した二度目のウェーキ島訪問は、わずか８時間の滞在許可であった。

上／チャーターしたジャンボ機
下／兵器の残骸の前で

ジャンボ機チャーターの条件として、万一、米軍が訪問をキャンセルして中止になった場合の１千万円の保証書に迪夫はサイン
した。

許可も取るのが大変で、それからお金のリスクも背負ってまでやれたのは、遺児たちの想いっていうのが強かったんだな。とにかく今一度行きたい、今一度親父のお墓参りをしたいけど、何とか協力して木村頑張ってくれということでよ。

で、ウェーキ島の浜辺に立つとよ、白い珊瑚礁の浜辺なんだ、ずーっと。そして青い波が寄せては返す訳だね。そう見ると、遥かなる島、遥かなる南の孤島という感じがしたもんね。何で日本軍がこんな遥かな島に、何千海里も離れた島に、ウェーキ島だけじゃなくて、ガダルカナルだって、よその島だってみんな同じだけどもね、侵略して無謀な戦争をしたんだろうっていう独りでに想いが湧いてきたな。浜辺で。それをずーっと感じたな。夕方、ひとりで自由時間になった時に、浜辺に立って眺めているとよ。

果たせぬ夢

昭和四十七（一九七二）年、日本農村活動家訪中団の一員として木村は文化大革命最中の中国を訪問、以後、三度、中国へ慰霊巡拝の旅をしている。その際、木村は父が死んだと伝えられる場所（湖北省黄崗県余家湾）を訪ねたいと願い、そのつど試みたが、中華人民共和国建国後に地名が変更になったこともあって正確な場所が特定できず、果たせないまま今日に至っている。

〈迪夫は語る〉　いや、どうしても親父の死んだところにたどり着いて供養したいというのが俺の生涯の念願だとずっと思っておったからね。何とかして直接そこに行って、ひざまづいて、お父さんと絶叫したいもんだなと思ったな。だから中国には四回行った。最初は昭和四十七年、日本農村活動家訪中団で行ったんだけども、農村の農民運動を向こうに伝えて、中国の農村運動を、革命を学んでくるという思想集団だったけどもな。武漢の町を歩きながら、夜よ、親父のためにコメと豆を持って行ったのをずっと街路にこぼして来たな。親父が死んだ国に来たんだという証にね。親父を弔う意味で。

その後は全国的に各市町村で市民間訪中団というのを組織したからね。上山市民訪中団の秘書として、昭和五十六（一九八一）年だったね。やっぱり親父が死んだ国だから、何度でも行って親父と心情を交わしたいし、気持ちを交わしたい、というのがあったな。願わくば親父が死んだ所に辿り着きたいという想いがあってね。

四回目に行ったのが平成十一（一九九九）年だったか、山形県遺族会主催の慰霊巡拝で行ったんだけどもね、このとき途中で暇をもらって車と通訳をチャーターして、俺の調べが正確な住所がなかったのかな、親父が死んだといわれる黄崗県余家湾に行

毛沢東生家前で日本農村活動家訪中団の記念写真

中国訪問から帰国した迪夫は、廃棄物収集業を始めるにあたって、収集車を「人民服務号」と名づけた。

父・文左ェ門の遺影

けと出したのよね。だけど彼らはよ、知ってか知らずか、どんどん走って行って、夕方暗くなるまで走ってよ、結局、ここが木村さんのお父さんが亡くなった、埋葬されている寺ですよという、村のみすぼらしい寺に案内して、そこに手を合わせてきたたな。

そこの寺にコメと豆と親父が好きだった煙草と持って、土間に土下座して手を合わせてきたけどね、ろうそくを立てて。おかしいなと思ったのはよ、通訳はよ、大学出の若い通訳だったな。ちょうど、江沢民が日本に訪問していた時だった。江沢民が早稲田で講義をしたと聞いておったからね。日本の円安とか、中国の元高とか、そういう日常の株価の動きなんかつぶさに知っている訳よ。そして「いずれは日本は中国に負けますよ」と言ったもんだな。インテリなんだなと思ってよ。そして「五百元出すと村中の人を呼んで法事をしてやるよ」と言うのよね。俺は「そんな金を持っていない」と蹴った訳。そうしたら「三百元にまけますよ」とこう言う訳。一元百五十円とすると四万五千円だか、俺はしょうがないなと、「三百元出す」と言った訳よ。「法事なんかしなくていい」と、「その金を寺の和尚に直接渡す」と、「いやいや私の手から渡しますよ」とこう言う訳。段々おかしいんだ、ねえ。そしてこう思ったな。そこの百姓兼住職がよ、「裏山掘れば日本兵ごろごろしていますよ」と、こう言う訳だ。そうであれば俺の親父が死んだ所に来れなくても、日本の兵隊が犠牲になった所に来ているんだから、その人たちを含めて慰霊の気持ちを表せばいいいんだと思って、そこで自分の気持ちを入れ替えた訳。親父そのものに慰霊をしてきたというより、日本兵の多くの魂にお参りをしてきたということなんだな。

二度のウェーキ島、四度の中国訪問だけでなく、四十代になって以降、木村は沖縄、太平洋諸島、東南アジアへと毎年のように慰霊巡拝の旅を続けて行く。昭和六十（一九八五）年、木村五十歳の時、『遥かなる足あと――四十年たった戦没家族の手記』（山形県遺族会刊）の編集長を務め、木村同様、県内の戦争被害家族の手記集を出版する。戦争で一家の大黒柱を失った家族が戦後、どのように暮らして来たのか、その妻や子どもたち、兄弟姉妹たち、六十五人の手記が収められている。

この書物の中で、木村は次のように書いた。

「戦争」は「狂気」である。戦時中はまさに「狂気の時代」と説いたのは、誰であったか。

吾れわれは、吾れわれ人間の思いあがりを自ら戒めなければならない。所詮人間は動物である。動物であるという身のほどを識ったところから、人間の思考は出発しなければならない。（中略）戦争と、戦争の時代が、「狂気とその時代」ならば、それを生み出したのは誰であったのか。今さら言うまでもなく、日本の軍国主義であり、その実権者たちであった。このことは、歴史的な事実として、将来に到っても書き換えられることはあり得ないと思われる。（中略）その「暗く悲しい時代」を生み出したのは、日本軍国主義とその実権者たちの一方的な責任のゆえだけであったのか。わたしたち国民（民衆といってもいい）の側には、まったく責任は無かったか。戦争の勃興と、戦争の過程において、露ほども責任は無かったと断言できるのか。

日本が満州を侵略し、中国を侵略し、東南アジアにまで手をのばし、植民地化をめざしていった系譜をみるとき、そこに映し出されることの出来るのは、国家権力の西欧諸国に対するコンプレックスとはうらはらの、近隣諸国に対する傲慢なまでの思いあがりにほかならなかった。それに追従したわたしたち民衆の思いあがりも同時に潜んでいて、海を越えて他国に渡ることを〝勇飛〟と考えた。「満蒙開拓」も「王道楽土」も、他者の地をもって、己の楽園に置き変えようとする野望が、日本中はおろかせまい村の果てまで、マチの隅々まで拡がっていった。土地を生産の手段とする村においては、その村が狭ければせまいほどその思いは強固に啓発されていった。村びとはおろか、マチの人々までも吾れもわれもと大陸をめざし、南方の島々に渡った。

このような、わたしたち民衆の「蔑視と思いあがりの思想」が、日本の軍国主義思想にはずみを加えさせ、日中戦争へと駆り立て「東亜共栄圏」という美名に彩られた東南アジアの植民地化へと突っ走っていく結果を招いてしまったのである。このことは決して忘れてはならない。にもかかわらず、今だに中国人や朝鮮人を蔑視し、発展途上国である東南アジアの人々を軽視する人びとに出くわす。依然として先進西欧諸国人に対するコンプレックスをいだきながら。なかには、戦争中、中国大陸の村々を焼きはらい、食糧を略奪し、民衆を刺し殺し、女たちを凌辱したことなど、なつかしそうに酒語りをくり返している人たちも、わたしの村にはいる。この人だって、戦地では生死の境をさまよいつつ、九死に一生を得て還って来たのであろうが、かっての苦痛はみじんも感知されず、ただ動物的な思いあがりだけが体に浸みついていて残っているのだ。

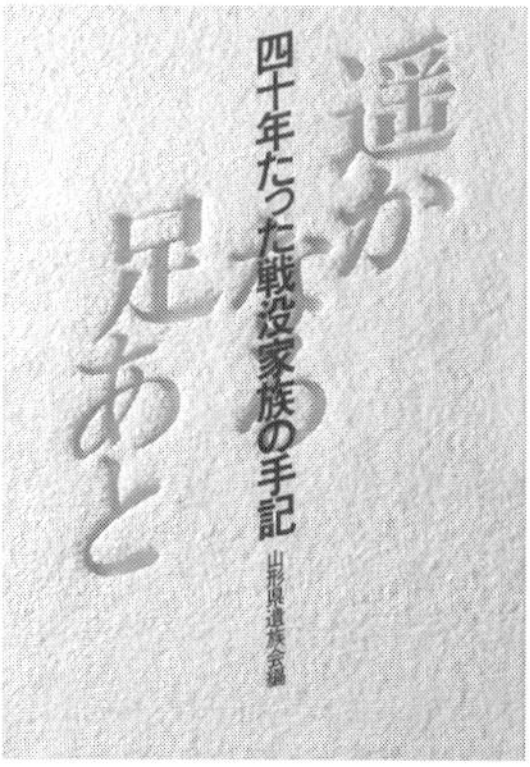

『遥かなる足あと　四十年たった戦没家族の手記』

それやこれやを考えめぐらせれば、ひとえに犠牲者の側であったとする思いは誤りで、わたしたち国民もまた侵略者の側としての責任を問われなければならない。（中略）軍国主義教育の恐ろしさも、体制加担の怖さも、このことを忘れたところから出発していく。——

建国記念日

にほんの
ひのまる
なだてあかい
かえらぬ
おらがむすこの　ちであかい

わが家の軒先に日の丸の旗が立たなくなってから
六十四年

そう
この国日本が敗れたその年から
ぼくの家では
日の丸の旗を見ることはなくなった
死んで久しい祖母の

決意であり
遺言でもあった

いまも遥かな黄土の大陸に斃《たお》れひれ伏す
父よ
南海の孤島の熱砂に埋もれ呻吟《しんぎん》してやまぬ
叔父よ
あなたたちは
この六十四年の間
真実眠れたか
数えても余りあるこの年月
遥かな東北の一隅の
ふるさとの山や川や
風を
家と人たちとの顔を思い煩いながら逝った
そのとどまることのない慟哭を
捨てきれたか

あのころ少年であった　ぼくは
すでに白髪の老人
晴れわたったこの国の祝いの日の
空々しい姿に
ぼくは
白髪に何度も手を遣りながら
長嘆息をする

雪の晴れ間の
この村に
かすかに聴こえる　声
あの声は
誰の
叫びか

――詩集『飛ぶ男』より

木村は生涯、反戦を訴え、反戦詩を綴ってきた。それはひとえに戦争被害家族としての慟哭であるが、戦争被害者の視点を越え、戦う相手の国の人びとへ想いを馳せた、人間としての戦争反対ののろしであった。木村は最近、平和への想いと、今急速に進みつつある日本の姿について、こう語った。

〈迪夫は語る〉忘れられない、やはり幼児体験、少年体験というのは生涯身体から離れないな。だから今でも戦争状況、日の丸の旗を見ると、涙が流れてしょうがない。今でも。ところが、オリンピックで旗を掲げても感動しないな、全く。だけども戦争の映像やスクリーンで見ると、涙が流れてしょうがないな。

それと俺はだいぶ年取ってから、戦争の責任は一部の人たちの責任であることは間違いがないんだけども、国民にも責任が無かったかということを父親に問いただしている訳よ。そしてあなたもそういうことでは戦争責任者のひとりでないかということを問いただした。兵士で行って戦死すれば、被害者、被害家族なんですけど、コインの裏表ですけど、加害性もある訳ですねえ。人殺しにいく訳ですから。戦えば必ず血が流れる。それは日本国民だけでなく、相手も血を流す、共に血を流す、これほど悲惨な状況というのは二度と繰り返してはならないと。結局、私は憲法九条を高々と掲げていけば、世界はそれを容認してくれると思うな。なまじっか戦争準備をするような集団自衛権なんかを行使するから、かえって危険な状況に陥っていくんじゃないかな。

例えばドイツが集団的自衛権を行使しているねえ。すでに五十五名からの戦死者を出しているんではないか。ドイツ国民の中から。必ず血を流すような犠牲者が出てくると。そして俺のような遺家族と呼ばれるような、遺児と呼ばれるような子どもたちがまたしても生まれてくると。これは絶対許してはならないと思っているな。俺や俺の兄弟のような境遇の人をこれからも出してはならないと。

日本遺族会前会長、古賀誠が親父さんの死んだレイテ島に行ってきたらしいな。何でこんなところで死ななきゃならなかったのかと泣いてきたと。だから古賀誠は自分の父親をそこで亡くすことによって、戦争の悲しみ、痛みを知っているんだけど、安倍晋三は全然解っていない、その感覚がな。世界平和のためだ、日本のためだと言っているけど、平和というのは何なのかということを改めてあの人に叩きつけてやりたいな。

憲法九条は絶対に守らなければならないし、前遺族会会長の古賀誠が日本国憲法は世界遺産だと言ったけどね、まさに世界遺産だと思うな。それに対して安倍総理は集団的自衛権なんてねえ、勝手に解釈して、戦争の準備をしているということは、耐え難い怒りだな。戦争を知らない人のやり方だと思っている。安倍晋三という総理は戦争を知らない、戦争の悲惨さを体験した覚えもないし、知らない人だと。だからこんなことを言える、政策を施されるんだと思ったな。その怒りでいっぱいだ。

村よ　永遠に

木村は小作人の長男として生まれ、戦後、農地解放で自作農となるも、わずか五反六畝（五六アール）の田畑。そんな村の底辺で暮らしながらも、自立した農家を目指して、若い頃は十年間冬場の出稼ぎを続け、その後は廃棄物収集業を興して六十代まで兼業農家として生きてきた。いつか必ず農業だけで生きていきたい、それが若い頃からの夢であった。

そして、現在、自ら興した廃棄物収集業の会社を譲って、念願の専業農家となった。しかし、十五年前の六十四歳の時、胃がんを発症、手術を受けた。その後も七十歳で前立腺がん、そして三回のヘルニアの手術と、大病続きであった。二年前、妻のシゲ子も倒れ、一時、病院のICUで治療を受ける。そんな中で、妻と共に育ててきたブドウの畑とプラムの畑をすべて切り倒した。一ヘクタールにまで増やした田んぼも、多くは知り合いの農家に貸し出して、木村自身はかつての五分の一、二反（二〇アール）だけを耕作している。ふたりの娘はすでに結婚して二十年前から夫婦ふたり暮らしで、今、後継者はいない。

〈迪夫は語る〉　いや残念だな、自分は女房と二人で何十年と汗水流して耕してきた田や畑が、これみな荒れ地になっていくと想像するとよ身震いがするな。自分の一生は一体何だったんだっろうなと思うな。いや、後継者がおって、それを引き継がれるような状況であればいいという夢があったんだね。例えば自分には男の子がいなくても、だれか作ってくれる人がおれば引き継がれる訳だからね。それも夢だったな、結果的には。娘に農地を残すのも負の財産だもんね。税金はかかる、ただ荒らしておけない、草を刈ったり、手入れをしなければならないからね。負の財産を残すみたいなもので、負の財産を残したくないなと思いながらも、どうしようもないな。考えれば考えるほど、先行きが絶望的だな。

ひと頃までは俺はまだ若い、まだやれるという思いでずっときたけどよ、その思いも最近、だんだん萎えてきたな。二人ともあれだもんなあ、女房まで、こういう大きい病気になると思わなかったもんな。ずーっと二人ともなんとか身体に鞭打ってまだまだ先までやれると思ったもんな。俺なんかはさっき言ったけども、十一年前に胃がんで胃を手術して、六十四歳だったたな。その後、三年くらい鬱病になったな。三年くらい鬱病になった、胃を切った後。精神病院に通ったから。薬を飲んでおったから。だけどもよ、その時点ではまだ体力もあったし、鬱病もよ、田んぼや畑で汗を流すとすっきりしたもんだね。身体を動かす、労働するということは大変良い療法だな。その後、今度は七十歳で前立腺がんをやって、胃手術よりもかえってキツかったな。その後、やっと落ち着いたと思ったら、今度はそけいヘルニア、筋膜が弱ってくるからよ、腸が出てくるんだもんね。三回手術したな。手術しても手術しても出てくるのよ。それでも百姓は続けてきたな。田一枚、畑一枚荒らさなかった。

夢の島

ながい陽の照りのあとの
見わたすかぎりの乾いた黄金色の
稔り近づく波の海原遠く泳ぎゆくと
昔に還る。
はるかな年月の遡行の果てのわれの日に

一町歩の田圃があれば
この村から離れることもなく
出稼ぎもせず
昼も

夜も
誰にもらすこともなく呟いた
あの日に。

いまも人ごとに
〃夢〃ということばが
〃めっぽう好きですね〃といわれる
女房までが
今夜の夢は陽の庇の下で玉手箱をあけると
白髪がいっしゅんにして若返り
赫々たる太鼓の音をひびかせて村を駆ける。
祭の夢ですかと
寝床のなかで先読みしてくれる。

あれから
五十年。
いまぼくの田圃は一町歩を超えた。

長い年月続いた兼業農家から足を洗い
かといって自立農家というには
あまりにもおぼつかない足取りで
それでいてなおも見果てぬ夢を
いま一度孕《ふく》ませては
きびしく照りつける陽に輝く黄金色の
沈黙の稔りへの走りの波の海の沖合に
泳ぎ行く思いをつのらせる。

かすかに小さく浮かぶ
この国の
無人の夢の孤島に漂着し
ロビンソン・クルーソーのように。

——詩集『飛ぶ男』より

日本の農家の大部分は木村同様、耕地面積が少ない兼業農家である。そんな小さな農家が日本の村と農業を支えてきた。瑞穂の国といわれ、弥生時代、いや、縄文時代の昔から水田で米を育て、日本人の原風景ともいえる美しい景観を守ってきた。村と村を取り囲む山河を慈しむ心を秘めながら、小さな農家は世代を継いで、田畑を耕し、将来の世代に引き渡してきた。

最近、木村はその想いを散文詩で綴った。その詩「牧野部落」を創作し終わって、朗読した木村はこうつぶやいた。「なんだか遺言を書いたみたいだ。総集編だな、木村迪夫の総集編だな」と。まさに、今、そして、未来の村びとたちへの心温まるメッセージであった。

＊

牧野部落

わたしが子供のころ、牧野部落には、多くの雑木林が残っていた。原生林そのままで生い茂っていた。

牧野はマギノと発音し、その語源は「紛《まぎ》れ野」に存ると言われている。〈樹海〉ひくく地を蔽い樹の海ひろがり、往く途分からず、戻り途なお記憶になく、人みな影となって樹の海、叢の奥へと消えていく。

部落を包み込むように拡がっていた雑木林が切り倒され、畑地へと変貌を遂げていったのは、明治期から昭和の初期にかけてのことである。ことに昭和の戦争期に近づくにしたがって、食糧増産が叫ばれ、村人は、山刀をかざし、鍬をふるって汗を流した。しかし敗戦後も昭和三十年代に入って、食糧増産の声も、いつしか消えてしまった。

河岸段丘一帯にはまだまだ雑木林は遺されていたものの、部落の上手の雑木林には、新制中学校が建てられた。学校の裏手には、「教育林」が、残された。地域と部落の歴史を識る上で、貴重な存在となった。クヌギの木の植生は標高二百五十メートルが限界だといわれている。その実ドングリは古代より、住み人の食に供されてきた。冬季でも落葉しない住み易い地域の証左である。四季のはっきりした豊かな土地の象徴でもある。アカシデは、水が豊富で陽当たりの良い地性を好む樹種ゆえ、部落びとは、この場所を住処とした。

イワウメズという木も同様の植生を持つ。アカシデやイワウメズは山形盆地の最南端に位置する牧野部落が、植生の限界地である。

河岸段丘のことを、牧野部落では、いまだにママと呼んでいる。湧水が豊かで、近くに河川の流れがあり、動植物の棲息、植生の豊かなこの場所からは、鮭や鱒の文化が栄えたであろうことは、誰もが想像できよう。多くの縄文人が集まったことも。

　このように地域的にも、歴史的に豊かな牧野部落を、若い時分わたしは、住み良い部落などとは一度も思ったことは無かった。暗く湿った風景は、時代の遅れを思わせるに十分であった。地の底に沈んだような全景。時代の遅れを想わせるに十分過ぎる、全景。その裡にひそみ犇めく人群れの狡猾さと、貪欲さと。小権力構造のなかに組み込まれている、村社会。

「いつかこの村から脱出してやる」。その思いだけを増幅させながら、少年期から、青年期を生きてきた。


　いまはこの牧野部落の何処にも、時代を先駆ける華やかさなど無くともいい。地味でむかしこの部落を蔽っていた原生樹林のように、静かで少しばかり寂しくてもいい。

　そこに住む人びとの心が美しくなどなくともいい。狡猾で、貪欲で、ときには卑猥で、村うちの生き死にの噂の絶えない、部落であっていい。

　これからも永い年月、生き続けて欲しい。わたしたちが死んだあとも、小さな歴史を地深く刻みつづけて欲しい。

追記　まぎの村へ帰ろう

この本の出版を目前にした二〇一五年七月末、木村は長年の念願を叶えることができた。父親が戦病死した中国の場所がようやく見つかり、木村は末の弟と共に、その地（中華人民共和国湖北省黄崗県余家湾）へ行くことができたのだ。

四十三年前の一九七二年、日本農村活動家訪中団の一員としてはじめて中国を訪れて以来、木村にとって五度目の訪中である。これまでの四回の訪中でも、木村は父が死亡した場所を探し歩いたが、見つけることができず、もう叶わぬ夢と諦めていた時、幸運にも見つかったのである。待ちに待った七十年ぶりの念願がかなったのである。

中国から帰国した木村を私は自宅に訪ねた。その時、木村は「人生最後の望みを果たすことができた、すべてをやり尽くした」と満足げに語ってくれた。そして敗戦から七十年目の八月、新たな気持ちで詩を綴った。それは農民兵士として三度も中国戦線に送られ、戦争で青春を塗りつぶされた父への鎮魂歌、異国の地で果てた父を故郷・牧野村に産土の神として呼び寄せるかのような、農民の深い精神性を象徴する鎮魂歌にも思える詩、土に生き、土に回帰する農民たちの、まさに「無音の叫び声」と言えよう。

まぎの村へ帰ろう

敗戦から七〇年
父親の果てた中国への思いは
わたしの心から長い年月消えることはなかった
父親の死地は武漢から長江沿いを
二〇〇キロほど下った黄崗という三国志にものこる街の郊外の
余家湾という静かな農村であるという
わたしの瞼から
少年期に別れた　父親のたくましさも
心やさしい面影も
ついぞ消え去ることはなかった
七〇年もの長い年月
そう七〇年もの長い年月

おやじよ

わたしはとうとう余家湾にやってきた
「おれの声が聴こえるか」
「この叫ぶ声が
　あなたの耳もとにとどいたか」
いまわたしはあなたの面前に立っている
末の弟のテルオも
あなたの面影ははっきりと二人には見える
瞼に映って見える
一緒に帰ろう
姉や妹たちの待っている
日本へ帰ろう

母親の眠る　まぎの村へ
祖母が悲しみと怨念のうたをうたって逝った
あなたには遠くなつかしい
まぎの村へ

おやじよ
七〇年ぶりの親子ともどものまぎの村へ
いまも緑濃い大地へ
そして田圃へ出よう
田植えをしよう
畑へ行こう
いまは緑いちめんの桑畑はなくなったが
その跡地に
妻と二人でぶどうを植えた
プラムも植えた
いまはさくらんぼだ
おれと妻と二人で栽培したさくらんぼは
ことのほか美味しいと皆んながほめてくれる
この豊饒なわがまぎの村の田と畑へ
あなたが忘れもしない
田と畑へ
分け入ってみてくれ

「迪男は百姓になれ」と
遺言を残してくれたあなたの思いを
まっとうした思いで
幻の父親であるあなたの
その胸にとりすがって告げよう
七〇年という年月はあまりに長過ぎたが
はるばる再会できたこのおもいを胸いっぱいに
日本に帰ろう
一歳で別れたっきりの弟テルオと一緒に
日本へ帰ろう

ふたたび戦争などない
まぎの村の未来へ
一緒に
帰ろう

父が戦病死した中国の地で、亡き
父に向け、思いを叫ぶ木村

あとがき

私が木村迪夫さんと初めてお会いしたのは、五年前の二〇一〇年一月、木村さんが仲間たちと青年時代から発行してきた農民の文学運動誌「地下水」の集まりでした。その日はちょうど、木村さんが当時、委員長を務める「真壁仁・野の文化賞」の受賞式でもありました。その受賞式での衝撃は今でも忘れられません。木村さんが文化賞の代表者として演台に立った時に発するオーラに圧倒されたのです。とてつもない巨人に見えたのです。こんな農民を見たのは初めてでした。

それから半年がたって、木村さんのご自宅を訪ねることにしました。JRかみのやま温泉駅に出迎えに来てくださった木村さんは、前回、私が感じた木村さんとは全く別人でした。あの時に発していたオーラはどこにもなく、どこにでも居そうな普通の農家のおじさんが立っていたのです。車で自宅へ向から道中、木村さんから「今日はどこに泊まるんだ」と聞かれました。私は「上山温泉に宿をとってあります」と答えると、「それ、キャンセルして俺の家に泊まれ」というのです。初対面の私に、そんな応対をする人も今まで一人もいません。もう、何十年も前からの友人に対するような対応にまた驚きました。そして自宅に到着すれば、「かあちゃん、原村さんを連れて来たぞ」といって、居間でごろんと寝ころんでしまう。まるで自分の息子が帰ってきたかのようなくだけた雰囲気です。この時、私は木村さんにひどく惹かれました。この人だからこそ、普通の農民の心をありのままに表現し得たのだ。私が言う普通の農家とは、インテリとか文化人ではないことは勿論、欧米由来の「市民」という括りでもありません。それは〝庶民〟、または〝市井の人〟という言葉で表す大多数の人びとのことです。

今、日本は大きく戦争の出来る国へと舵を取り始めています。国際情勢が変わったと、それを容認する世論も徐々に増えつつあるように思えます。しかし、大切なことが語られずにいるのではないでしょうか？　それは木村さんが生涯をかけて訴え続けてきた、〝父が、息子が、夫が戦死したら、家族が生涯、暗闇のどん底に陥る〟という庶民が負わされる現実です。私たちひとりひとりが〝もし自分が、自分の夫が、自分の子どもが、自分の父が戦死したら〟と、想像してみて欲しい、と、木村さんの詩は訴えているのです。

さらに、木村さんは村に暮らす人びとの根底にある自然に対する畏怖を、数々の詩で綴っています。山々や川、大地が人間を生かしてくれることへの感謝を、村びとの崇高なる精神風土として高らかに謳いあげます。その根本には戦後、日本人が至上の価値としてきた「経済合理性」、「競争社会」へのアンチテーゼが潜んでいます。

この本を読み終わった読者の皆様には、是非、紹介した詩を何度も声を出して読み返して欲しいのです。ところどころ解らない表現もあろうかと思いますが、何度も読み返しているうちに、きっと素敵な気づきが訪れ、不思議な感動に包まれることと思います。

最後に、私が木村迪夫さんの詩と人生を通じて伝えたかった、自国の農業の大切さ、反戦平和の大切さ、そして山河・大地への畏敬が読者の皆様の心に沁みわたることを願ってやみません。

平成二十七年八月

戦後七十年の節目の終戦記念日に

原村政樹

原村政樹◎はらむら・まさき

一九五七年（昭和三十二年）三月十八日生まれ。上智大学卒業後フリーの助監督としてグループ現代、ドキュメンタリージャパンなどで映像の仕事を始める。一九八八年桜映画社入社。その年、熱帯林破壊と持続的開発をテーマにした短編映画「開発と環境」で監督デビュー、以後、短編映画、TV番組を製作。二〇〇四年、長編記録映画「海女のリャンさん」で映画館上映や自主上映の長編記録映画の製作を開始。二〇一五年、映画「無音の叫び声」を期に、フリーの監督として独立。

主な監督作品、受賞歴（二〇〇〇年以降）

二〇〇四年　「海女のリャンさん」　キネマ旬報ベストテン第一位／文化庁文化記録映画大賞、他
二〇〇六年　「いのち耕す人々」　キネマ旬報ベストテン第四位／文化庁文化記録映画優秀賞、他
二〇〇八年　「里山っ子たち」　キネマ旬報ベストテン第三位／
　　　　　　アースビジョン厚生労働省社会保障審議会特別推薦賞、他
二〇〇九年　「里山の学校」　日本ＰＴＡ全国協議会特別推薦他
二〇一一年　「原発事故に立ち向かう農家」　第二十七回農業ジャーナリスト賞
二〇一三年　「天に栄える村」　キネマ旬報ベストテン第五位

無音の叫び声

農民詩人・木村迪夫は語る

二〇一五年十月十日　第一刷発行

編著者　原村政樹

発行所　一般社団法人　農山漁村文化協会
〒一〇七 - 八六六八　東京都港区赤坂七 - 六 - 一
電話　〇三 - 三五八五 - 一一四一（営業）　〇三 - 三五八五 - 一一四五（編集）
ファックス　〇三 - 三五八五 - 三六六八
振替　〇〇一二〇 - 三 - 一四四四七八
http://www.ruralnet.or.jp/

印刷所　株式会社　杏花印刷

ISBN978-4-540-15183-5　〈検印廃止〉

編集・制作――株式会社農文協プロダクション
ブックデザイン――堀渕伸治◎tee graphics